おにぎりサイコ～

はじまるよ

もちぱんたちの新《あら》たな物語《ものがたり》

あるところに、おもちみたいにやわらかくて
パンダのような生《い》きものがいました。
それが〝もちもちぱんだ〟。略《りゃく》して〝もちぱん〟。

なまけものの大《おお》きいぱんだ〝でかぱん〟と、
でかぱんのことが大好《だいす》きな〝ちびぱん〟たちの、
だらだらの～んびりした日常《にちじょう》に、
あるとき、大事件《だいじけん》が起《お》こっちゃった！

もちもち♥ぱんだって・・・・？

もちもちぱんだには、おおまかにわけると「でかぱん」と「ちびぱん」の2種類《しゅるい》がいるよ。いつも、もちもちくっついたりのびたりしているもちぱん。その正体《しょうたい》は、パンダ？　それとも、おもち？

DEKAPAN

でかぱん（大《だい》ぱんだ）

なまけものの、大《おお》きいぱんだ。ほっぺたをちぎって丸《まる》めて、ちびぱんを作《つく》るよ。気《き》ままで、やりたいことはがまんしないんだ。
さみしくてちびぱんを作《つく》るけど、おなかがすくとちびぱんを食《た》べちゃうことも……。

でかぱん調査結果《ちょうさけっか》 ㊙

身長《しんちょう》	30cm以上《いじょう》
体重《たいじゅう》	小型犬《こがたけん》くらい
好《す》き	もち米《ごめ》のおにぎり 穴《あな》があいているもの
きらい	寒《さむ》いところ 動《うご》くこと

もちもちぱんだの作《つく》りかた

1 とる

2 こねる

CHIBIPAN

ちびぱん

(小《しょう》ぱんだ)

でかぱんのことが大好《だいす》きな、小《ちい》さいぱんだ。
いろいろな種類《しゅるい》がいるんだって。
くろぱんやしろぱんも、ちびぱんの仲間《なかま》だよ。

ちびぱんにはいろんな種類《しゅるい》がいるよ！

くろぱん

でかぱんの失敗《しっぱい》からできた。
やさぐれている。

しろぱん

なぞの液《えき》につけられるときに、
にげだしちゃった。

ちびぱん調査結果《ちょうさけっか》 ㊙

身長《しんちょう》	7cmくらい
体重《たいじゅう》	ハムスターくらい
好《す》き	でかぱん 肉《にく》まん 笹《ささ》 穴《あな》があいているもの
きらい	寒《さむ》いところ ひとりぼっち

約束《やくそく》だしね……!

mochi ♥ pan

もちもち♥ぱんだ

もちぱん探《たん》偵《てい》団《だん》

もちっとストーリーブック

著　たかはしみか　　原作・イラスト　yuka《ユカ》

contents

もくじ

第《だい》1話《わ》 親友《しんゆう》ってなんだろう？

「おーい。だれか、立候補者《りっこうほしゃ》はいないか？」

担任《たんにん》の山本先生《やまもとせんせい》、通称《つうしょう》ヤマさんの言葉《ことば》に、教室《きょうしつ》じゅうがざわざわし始《はじ》める。

帰《かえ》りのホームルーム。五年《ねん》一組《くみ》の教室《きょうしつ》には、どんよりとした空気《くうき》が充満《じゅうまん》していた。

「推薦《すいせん》でもいいぞ～」

ななめ後《うし》ろの席《せき》に座《すわ》っているナホが、わたしの背中《せなか》をつついた。

「学校祭《がっこうさい》の実行委員《じっこういいん》、かなりきっついらしいよ。先生《せんせい》にも六年生《ねんせい》にもこき使《つか》われるって」

「それ、聞《き》いたことある。絶対《ぜったい》やりたくないよね」

小声《こごえ》でそう返《かえ》したとき、教室《きょうしつ》にカナちゃんの声《こえ》がひびいた。

「はいっ！　わたしは長沢《ながさわ》モモカさんがいいと思《おも》います！」

は？　え？　――わ、わたし？

体《からだ》を半分《はんぶん》ねじって、ナホのほうを向《む》いたまま固《かた》まっているわたしの背中《せなか》へ、みんなの視線《しせん》が集《あつ》まるのを感《かん》じた。

パチパチと、心《こころ》のこもっていない拍手《はくしゅ》が起《お》こる。ふり返《かえ》ると、カナちゃんといつもいっしょにいるおしゃれ女子《じょし》たちだ。

「推薦《すいせん》の理由《りゆう》は？」

カナちゃんに向《む》かってヤマさんが聞《き》いた。

推薦《すいせん》する理由《りゆう》なんて、あるはずない。

カナちゃんたちは、わたしのことが気《き》に入《い》らないだけ。だから、めんどうな実行委員《じっこういいん》の仕事《しごと》をおしつけたいんだ。そうに決《き》まってる！

「理由《りゆう》は、長沢《ながさわ》さんはとても真面目《まじめ》で、どんなことでも一生懸命《いっしょうけんめい》やる人《ひと》だからです。きっと実《じっ》行委員《こういいん》の仕事《しごと》も、最後《さいご》までクラスの代表《だいひょう》としてがんばってくれると思《おも》います」

カナちゃんは少《すこ》しのよどみもなくそう言《い》うと、満足《まんぞく》そうに席《せき》についた。

そんなこと、ちっとも思《おも》っていないくせにっ！

「長沢《ながさわ》さん、どうだ？　たしかに長沢《ながさわ》さんはいつも一生懸命《いっしょうけんめい》やっているな」

ヤマさんの言葉《ことば》になんてこたえていいかわからず、わたしはうつむいた。

クラスの大半《たいはん》は、わたしが観念《かんねん》して引《ひ》き受《う》ければいいと思《おも》っている。

この長引《ながび》いたホームルームのよどんだ空気《くうき》から、一刻《いっこく》も早《はや》く解放《かいほう》されたい。自分《じぶん》じゃなければだれでもいい。それしか考《かんが》えていないのだ。

みんなの無責任《むせきにん》な思《おも》いがわたしにのしかかる。たえかねて、

「やります」

と言《い》おうとしたとき、だれかがいすから立《た》ち上《あ》がるガタッという音《おと》にさえぎられた。

「これって、男女《だんじょ》一名《めい》ずつですよね？　男子《だんし》のほう、ぼくがやります」

おおっというどよめきと、今度《こんど》はちゃんとした拍手《はくしゅ》が起《お》こる。

佐藤《さとう》くんだ。今年《ことし》、このクラスに転校《てんこう》してきた佐藤《さとう》ユウトくん。

みんながいやがっているってわかって自分《じぶん》から立候補《りっこうほ》するなんて、なんてすてきなんだろう。

カナちゃんたち、おしゃれ女子軍団《じょしぐんだん》がわたしを目《め》の敵《かたき》にしているのは、実《じつ》はこの佐藤《さとう》くんが原因《げんいん》。

アイドルグループ『シャイン』で一番人気《ばんにんき》のモッチーそっくりなイケメンでありながら、この通《とお》り性格《せいかく》もすてきな佐藤《さとう》くんが、女子《じょし》の中《なか》ではわたしと一番仲《ばんなか》がよい。そのことが気《き》に入《い》らないんだ。

「おお佐藤《さとう》くん、やってくれるか。みんな、いいかな？　じゃあ、あとは女子《じょし》だな」

カナちゃんは、不測《ふそく》の事態《じたい》に青《あお》ざめていた。佐藤《さとう》くんがやるなら、自分《じぶん》が女子《じょし》の実行委員《じっこういいん》になりたいはずだ。なのに、すでにわたしのことを推薦《すいせん》しているんだから。

わたしは、すっと手《て》を挙《あ》げた。

「せっかく推薦《すいせん》してもらったので、わたしもやります」

こうして、わたしは佐藤《さとう》くんと二人《ふたり》で学校祭《がっこうさい》の実行委員《じっこういいん》をすることになった。

「ふふ。カナちゃんのあの顔《かお》、おもしろかったなあ」

家《いえ》に帰《かえ》ってから、自分《じぶん》の部屋《へや》で思《おも》い出《だ》し笑《わら》いをしていると、

「モモカ、今《いま》、悪《わる》い顔《かお》してる」

とでかぱんが言《い》った。それに続《つづ》いて、

「してる〜」

とちぴぱんたちも声《こえ》をそろえる。すっかりわたしの部屋《へや》になじんでいる、おもちのような、パンダのような、もちぱんっていう不思議《ふしぎ》な生《い》きものたち。

少《すこ》し前《まえ》に、わたしが描《か》いたもちもち商店街《しょうてんがい》の町《まち》おこしポスターが最優秀賞《さいゆうしゅうしょう》に選《えら》ばれた。その授賞式《じゅしょうしき》の日《ひ》、もらったもち米《ごめ》の袋《ふくろ》の中《なか》にいつのまにかまぎれこんでやって来《き》たんだよね。最初《さいしょ》は大《おお》きいほうのでかぱんしかいなかったんだけど、でかぱんがちびぱんをたくさん作《つく》ったから、いつもはけっこうにぎやか。でも、わたし以外《いがい》の人《ひと》が部屋《へや》へ入《はい》ってきたときは、みんな動《うご》かずにぬいぐるみのふりをしているんだ。

「だって、もとはと言《い》えば、カナちゃんがひどいでしょ？　それにしても、あのときの佐藤《さとう》くん、かっこよかったなあ。キャーッ」

わたしは言《い》いながら、でかぱんにぎゅうっとだきついた。

「い、いたい。モモカ。へんな形《かたち》になる」

スーパー

あわててはなれると、でかぱんはすっかり縦長《たてなが》になっていた。

「ごめん、ごめん」

と言《い》いながら、ちびぱんたちとともに形《かたち》を整《ととの》える。

「わたしが佐藤《さとう》くんと仲《なか》よくなれたのって、もとはと言《い》えばでかぱんと、ちびぱんたちのおかげなんだよね～。ありがとう！」

「ねえ、感謝《かんしゃ》してるなら、おにぎりちょうだい」

と、でかぱん。でかぱんは、もち米《ごめ》のおにぎりが大好物《だいこうぶつ》なんだよね。

「わかったよ。ちょっと待《ま》ってて」

言《い》いながら、クローゼットのとびらを開《あ》ける。パパとママに見《み》つからないよう、もち米《ごめ》はいつもここにかくしてある。

「あっ、もち米《ごめ》、もうすぐなくなっちゃう。明日《あした》またもらってこないと」

「モモカ、忘《わす》れないでね！」

「わかってるよ～」

同《おな》じくクローゼットにかくしてある小《ちい》さな炊飯器《すいはんき》でもち米《ごめ》をたいて、おにぎりを作《つく》ってあげると、でかぱんはとってもうれしそうにしてパクパク食《た》べ始《はじ》めた。

その姿《すがた》を見《み》ながら、わたしは考《かんが》えていた。

いやなことがあっても、家《いえ》に帰《かえ》ればでかぱんたちが話《はなし》を聞《き》いてくれる。

カナちゃんたちとは仲《なか》よくなれそうもないけど、ナホやミサキがいるから別《べつ》にいいし、佐藤《さとう》くんに会《あ》えるから学校《がっこう》へ行《い》くのは楽《たの》しい。

もしかしたら、わたしって、今《いま》とても幸《しあわ》せなのかもしれない。

「モモカ、だいじょうぶ？」

次《つぎ》の日《ひ》の放課後《ほうかご》、クラスで一番《ばん》の仲《なか》よしのナホとミサキが心配《しんぱい》そうにわたしに聞《き》いた。

「ん？　なにが？」

「なにがって、実行委員《じっこういいん》だよ。今《いま》、委員会《いいんかい》の集《あつ》まりに行《い》ってきたんでしょ？」

「ああ。まだ、仕事《しごと》が始《はじ》まってないから、どのくらいたいへんかわからないけど、なんとかなるんじゃないかなあ。佐藤《さとう》くんもいっしょだし」

わたしの言葉《ことば》に、ナホが少《すこ》しニヤッとして聞《き》いた。

「モモカさあ、佐藤《さとう》くんのこと好《す》きでしょ？」

「えっ？」

ミサキも興味津々《きょうみしんしん》という様子《ようす》で、わたしをじっと見《み》ている。

「え、あ、その……、どうなのかな。自分《じぶん》でもよくわからないけど……」

「その反応《はんのう》、絶対《ぜったい》そうだって！」

めずらしく、ミサキが断言《だんげん》する。少女《しょうじょ》マンガが大好《だいす》きなミサキは、どうやらこういう話《はなし》には自信《じしん》があるみたい。

「そうなのかなあ。そうなのかも……」

言《い》いながら、ほっぺがかあっとして、耳《みみ》まで熱《あつ》くなっていくのがわかる。自分《じぶん》の心臓《しんぞう》の音《おと》が急《きゅう》に大《おお》きく感《かん》じられた。はずかしいけど、ちょっとうれしいような、くすぐったいような、不《ふ》思議《しぎ》な気持《きも》ち。

「ねえねえ、佐藤《さとう》くんって女子《じょし》の中《なか》ではモモカと特別仲《とくべつなか》がいいよね？　なにがきっかけでそうなったの？」

「え？　そ、それは……」

実《じつ》は、でかぱんとちびぱんたちのおかげだけど、ナホとミサキにはもちぱんたちのことは言《い》っていないし……。

「それは、ちょっと言《い》えないんだ」

もちぱんたちの存在《そんざい》が佐藤《さとう》くんに知《し》られそうになって、それをごまかそうとしたことがきっかけで仲《なか》よくなったんだよね。

「うちらにも言《い》えないの？　なんで？」

「あ、そんな別《べつ》に、たいしたことじゃないんだけど……」

「たいしたことじゃないのに、言《い》えないの？」

ナホが不満《ふまん》そうに口《くち》をとがらせた。

「ね、教《おし》えてよ。うちら、親友《しんゆう》でしょ？　だれにも言《い》わないから」

ミサキがつめよってくる。

二人《ふたり》がだれかに言《い》いふらすとは思《おも》えないけど、でかぱんとちびぱんのことは、できればヒミツにしておきたい。佐藤《さとう》くんだって、結局《けっきょく》、でかぱんたちが勝手《かって》に動《うご》いたり、話《はな》したりできるってことは知《し》らないし。

だれかに本当《ほんとう》のことを知《し》られたら、もちぱんたちがわたしのまわりからいなくなってしまう気《き》がして……。そんなのいや！

うつむいたままだまっていると、

「じゃあ、別《べつ》にいいよ」

と言《い》って、ナホが早足《はやあし》で行《い》ってしまった。

「ナホ、待《ま》って」

と、ミサキが追《お》いかける。

わたしはしばらくひとりで、そこにつっ立《た》っていた。

なんてこたえればよかったんだろう。

言《い》えないなんて言《い》わないで、適当《てきとう》にこたえておけばよかったのかな？

「うちら、親友《しんゆう》でしょ？」

というミサキの言葉《ことば》が、いつまでも耳《みみ》にひびいていた。

家《いえ》に帰《かえ》ると、わたしはさっそく今日《きょう》の出来事《できごと》をでかぱんたちに話《はな》した。

「ねえ、どうしたらよかったんだと思《おも》う？　まさか、みんなのこと、話《はな》せないし」

わたしがそう言《い》うと、でかぱんが意外《いがい》にもあっさりと

「話《はな》せば？」

とこたえた。

「えっ？　話《はな》すって、あなたたちが、動《うご》いてしゃべるってことをだよ？」

「うん。話《はな》したいなら、話《はな》せば？」

「いいの？　ほかの人《ひと》にバレたら、消《き》えたりしない？」

でかぱんはちょっと考《かんが》えてから、

「さあ？」

と言《い》った。

「さあって、わからないの？」

「うん」

「ちびぱんたちは？」

「わかんなーい」

そんなこと言《い》われたら、話《はな》せるわけない。

不思議《ふしぎ》なキャラクターが出《で》てくるマンガやアニメでは、そのキャラクターがクラスのみんなと遊《あそ》んでいる場面《ばめん》がある。キャラクターも家族《かぞく》といっしょにごはんを食《た》べたり、おつかいに行《い》ったりしていることもある。

もちぱんたちもそういう存在《そんざい》になれたらいいのに……。

「話《はな》さないよ。みんなが消《き》えたらいやだもん」

「でも、話《はな》さないと『シンユウ』じゃないんでしょ？」

でかぱんの言葉《ことば》に、気持《きも》ちがしずんでいく。

「でも……」

「ねえ、『シンユウ』ってなに？」

ちびぱんたちが、いつのまにかわたしのまわりを取《と》り巻《ま》いている。

「とっても仲《なか》のよい友《とも》だちってことかなあ？」

「なんでも話《はな》さないと、とっても仲《なか》よくはなれないの？」

「うーん」

こたえに困《こま》ってうなっていると、でかぱんがぼそっと言《い》った。

「言《い》えないことがひとつくらいあっても、『シンユウ』は『シンユウ』なんじゃない？」

たしかに、そんな気《き》もする。

次《つぎ》の日《ひ》の朝《あさ》。

今日《きょう》は学校《がっこう》へ行《い》くのがつらい。いつもよりランドセルが重《おも》く感《かん》じられる。

昨日《きのう》の帰《かえ》りの感《かん》じを引《ひ》きずって、今日《きょう》一日《にち》ナホとミサキと気《き》まずいままだったらどうしよう。

とぼとぼと歩《ある》いていると、後《うし》ろから

「おはよう！」

と声《こえ》をかけられた。

佐藤《さとう》くんだ。

「お、おはよう」

「めずらしいね。長沢《ながさわ》さん、いつももっと早《はや》いでしょ？」

「うん、なんか今日《きょう》はゆっくり歩《ある》いてたみたい」

「どうして？　具合《ぐあい》でも悪《わる》いの？」

「そんなことないよ」

学校《がっこう》へ行《い》きたくなくて……なんて言《い》えない。

「おーい、ユウトーッ！」

前《まえ》のほうで、佐藤《さとう》くんと仲《なか》のよい男子《だんし》たちが手《て》をふっている。

「おーっ、おはよう！」

「あ、先行《さきい》っていいよ」

「でも……」

「だいじょうぶだから！」

ちょっとキツイ口調《くちょう》で言《い》ってしまった。

佐藤《さとう》くんとはいっしょにいたいけど、カナちゃんたちにまたなにか言《い》われるのもいやだし。

「わかった。先《さき》、行《い》くね」

ランドセルをゴトゴト鳴《な》らしながら、佐藤《さとう》くんは走《はし》っていってしまった。

はあーっ。思《おも》わず、長《なが》いため息《いき》が出《で》る。

いつもみんなとニコニコ楽《たの》しくできたらいいのに、そういうのってなかなか難《むずか》しい。

最近《さいきん》は特《とく》に。三年生《ねんせい》くらいまでは、男子《だんし》も女子《じょし》も関係《かんけい》なく、もっとむじゃきに仲《なか》よくしてたような気《き》もするんだけどなあ。

のろのろ歩《ある》いて、教室《きょうしつ》に着《つ》いたのは朝《あさ》のホームルーム前《まえ》のぎりぎりの時間《じかん》だったから、そのままだれと話《はな》すこともなく授業《じゅぎょう》が始《はじ》まった。

一時間目《じかんめ》は国語《こくご》だった。ミサキがあてられて、教科書《きょうかしょ》を読《よ》んでいる。ミサキが音読《おんどく》するときの声《こえ》は、とてもきれいだ。いつもはそう思《おも》うけど、なんだか今日《きょう》は落《お》ち着《つ》いて聞《き》くことができない。ミサキは席《せき》が遠《とお》いけど、ナホはななめ後《うし》ろだ。いつもは、授業中《じゅぎょうちゅう》でもおもしろいことを発見《はっけん》するとわたしの背中《せなか》をつついてくるくせに、今日《きょう》はなにもしてこない。

チャイムが鳴《な》ると同時《どうじ》に席《せき》を立《た》ち、ひとりでトイレに行《い》った。クラスの女子《じょし》に会《あ》わないよう、わざわざ下《した》の階《かい》の別《べつ》の学年《がくねん》の人《ひと》たちが使《つか》うところへ。

手《て》を洗《あら》って鏡《かがみ》にうつった自分《じぶん》の顔《かお》を見《み》る。暗《くら》い表情《ひょうじょう》だ。

ああ、わたしって今《いま》、あんまり幸《しあわ》せじゃないのかも……。

チャイムが鳴《な》る寸前《すんぜん》に教室《きょうしつ》へもどり、席《せき》に着《つ》いた。二時間目《じかんめ》は算数《さんすう》だ。

文章題《ぶんしょうだい》の説明《せつめい》をしているときに、ヤマさんが急《きゅう》にポムのことを語《かた》り出《だ》した。

ポムは、ヤマさんが家《いえ》で飼《か》っている犬《いぬ》の名前《なまえ》で、いつも珍事件《ちんじけん》を起《お》こすのだ。ヤマさんがときどき授業中《じゅぎょうちゅう》にポムの話《はなし》をするのを、ミサキもナホもわたしもとてもおもしろがっていた。

ヤマさんの口《くち》からポムの名前《なまえ》が出《で》たとき、ななめ後《うし》ろからナホが小《ちい》さくふきだした声《こえ》が聞《き》こえた。ふり返《かえ》って、いつもみたいに笑《わら》いかけたい。でも、背中《せなか》が固《かた》まったように動《うご》かない。ミサキの肩《かた》も細《こま》かくふるえている。こらえきれずに笑《わら》っているのだ。こっちを向《む》かないかな？

いつもみたいに「また始《はじ》まった」って、目《め》で合図《あいず》したいのに……。

チャイムが鳴《な》ったとき、わたしは思《おも》いきってななめ後《うし》ろを見《み》た。

ナホと目《め》が合《あ》った。

「あの、昨日《きのう》のこと、話《はな》したいんだけど」

思《おも》いきって言《い》った。そこへ、ミサキもやってきた。わたしたちは三人《にん》でろうかへ出《で》た。

ろうかの大《おお》きな窓《まど》から、雲《くも》一つない空《そら》が見《み》える。

わたしたちはそれを背《せ》にして、向《む》かいあった。

「話《はな》したいって？」

ナホが沈黙《ちんもく》を破《やぶ》った。

「うん。まず、昨日《きのう》ミサキが言《い》ってた『親友《しんゆう》』って言葉《ことば》について、ずっと考《かんが》えてたの」

「ああ」

ミサキがうなずく。

「昨日《きのう》のことがきっかけで、今日《きょう》は二人《ふたり》とは気《き》まずくて話《はな》せないのかなって思《おも》ってたの」

二人《ふたり》はだまったままだった。わたしは自分《じぶん》のつまさきを見《み》つめたまま、ゆっくりと言葉《ことば》を選《えら》びながら続《つづ》けた。

「さっきヤマさんがポムの話《はなし》をしたじゃない。あのとき、いつも三人《にん》でポムの話《はなし》で盛《も》り上《あ》がってたのに、今日《きょう》はそれができないんだって思《おも》ったら、とても悲《かな》しくなっちゃった」

「わたしも」

ミサキがそう言《い》って、ナホもうなずいた。

「今日《きょう》のポムも強烈《きょうれつ》だったよね。聞《き》きながらモモカの背中《せなか》、つつきたくて仕方《しかた》なかった」

ナホの言葉《ことば》に、ミサキもわたしも思《おも》わずぷっとふきだしてしまった。そして、それをきっかけに緊張《きんちょう》の糸《いと》が切《き》れたように、三人《にん》とも大笑《おおわら》いした。

「『親友《しんゆう》』って、結局《けっきょく》まだよくわかんない……。でも、おたがいなにもかも知《し》っているわけじゃなくても、あの話《はなし》をして笑《わら》い合《あ》いたいって思《おも》える相手《あいて》だってことが、『親友《しんゆう》』ってことなのかもしれない」

笑《わら》いすぎて、泣《な》き笑《わら》いみたいな顔《かお》になりながら、わたしは言《い》った。

「そうかもね」

ミサキが言《い》ったとき、ちょうどチャイムが鳴《な》って、わたしたちはあわてて教室《きょうしつ》へ入《はい》った。

それ以来《いらい》、わたしたち三人《にん》はまたもとのような感《かん》じになって、わたしはもちぱんたちのことをすっかり言《い》いそびれてしまった。


次《つぎ》の週《しゅう》あたりから、実行委員《じっこういいん》の仕事《しごと》がいそがしくなり始《はじ》めた。

放課後《ほうかご》は、毎日委員会《まいにちいいんかい》に出席《しゅっせき》しなければならなかったし、学校祭《がっこうさい》についての連絡事項《れんらくじこう》をクラスに持《も》ち帰《かえ》って伝《つた》えたり、資料《しりょう》を作《つく》って配《くば》ったり……。

「今日《きょう》はこれね。クラスの展示《てんじ》について説明《せつめい》が書《か》いてあるので、担任《たんにん》の先生《せんせい》に頼《たの》んで、クラスの人数分《にんずうぶん》だけコピーしてもらって、ひとり分《ぶん》ずつホチキスでとめて束《たば》にして配《くば》ってください」

「は、はい」

「あ、長沢《ながさわ》さん、いいよ。ぼくが持《も》つよ」

「ありがとう」

作業《さぎょう》が終《お》わったあと、毎日《まいにち》佐藤《さとう》くんと二人《ふたり》で帰《かえ》れるのはうれしいけど、帰《かえ》りはおそいし、先《せん》輩《ぱい》たちはこわいしで、もうクタクタ。

「ただいまあ」

「なんだよ、せっかく早《はや》く帰《かえ》ってきたのに、モモカのほうがおそいなんて」

「パパ、仕方《しかた》ないのよ。学校祭《がっこうさい》の実行委員《じっこういいん》になっちゃったんだって。モモカ、早《はや》く手《て》を洗《あら》ってきて。ごはんにしましょう」

「はあい」

夕食後《ゆうしょくご》、部屋《へや》にもどるとちびぱんたちがかけよってきた。

「ん？　なあに？」

「なあにって、でかぱんがおなかがすきすぎてたいへんなことになってるよ～。早《はや》くもち米《ごめ》のおにぎり作《つく》って～」

「ああ。ごめんごめん」

あわててかくしてあるもち米《ごめ》を出《だ》そうとして、わたしはハッとした。

もち米《ごめ》、なくなっちゃってたこと、すっかり忘《わす》れてた！

時計《とけい》を見《み》る。もう、お米屋《こめや》さんはしまっている時間《じかん》だ。

「でかぱん、ごめん！　もち米《ごめ》もらってくるの、忘《わす》れてた。実行委員《じっこういいん》の仕事《しごと》が忙《いそが》しくて……」

すると、でかぱんは
「だいじょうぶ。じゃあ、ちびぱんを食《た》べるから」

と言《い》って、近《ちか》くにいたちびぱんをつかみ、口《くち》へ運《はこ》ぼうとする。

でかぱんは、さみしくなると自分《じぶん》の体《からだ》をちぎってちびぱんを作《つく》るんだけど、おなかがすくと食《た》べてしまう習性《しゅうせい》がある。

でも、わたしはどうしてもそれがいやだ。さっきまでそのへんを走《はし》っていたちびぱんがいなくなるなんて、たえられない。

「だめっ！　ちびぱんのことは食《た》べちゃだめって言《い》ってるじゃない」

「だって、おにぎりも食《た》べられないのに……」

「明日《あした》、絶対《ぜったい》もらってくるから。ね、一日《にち》だけがまんして！」

「えーっ、そんなのたえられない！」

「とにかく、ちびぱんを食《た》べたら絶交《ぜっこう》だからね！　わかった？」

自分《じぶん》でもかわいそうなことを言《い》っているなと思《おも》いつつも、やっぱりでかぱんがちびぱんを食《た》べるのはやめてほしい。

「わかったよ。明日《あした》、絶対《ぜったい》だからね」

でかぱんはそう言《い》うと、つまんでいたちびぱんを放《はな》し、ベッドにゴロンと横《よこ》になって、ふて寝《ね》をしてしまった。

「ちびぱんたちも、食《た》べられないように気《き》をつけてね」

わたしがそう言《い》い残《のこ》してお風呂《ふろ》へ向《む》かったあと、ちびぱんたちはなにやら話《はな》しこんでいたらしい。でも、自分《じぶん》のことで精《せい》いっぱいだったわたしは、ちびぱんたちの不審《ふしん》な動《うご》きにまで頭《あたま》が回《まわ》らなかった。

「ねえ、モモカ、モモカってば」

でかぱんに起《お》こされて、目《め》が覚《さ》める。真夜中《まよなか》だ。

「もう、なによ。こんな時間《じかん》に起《お》こしたって、もち米《ごめ》は明日《あした》にならないともらえないんだからね」

「そうじゃなくて、食《た》べてないのにちびぱんたちが減《へ》ってる」

「え？　そのへんを探検《たんけん》して遊《あそ》んでるんじゃない？」

「そうかなあ」

でかぱんは不満《ふまん》げだったけど、つかれていたわたしはそのままねむってしまった。

しかし、あとになって、この夜《よる》の出来事《できごと》が大《おお》きな問題《もんだい》となるのだった。

9月《がつ》13日《にち》 でかぱん

天気《てんき》 くもり

モモカがもち米《ごめ》をもらって
くるのを忘《わす》れた日《ひ》の夜《よる》、
ちびぱんたちがいなくなった！
モモカがうるさいから
一ぴきも食《た》べてないのに……。

「親友《しんゆう》」とは、ポムの話《はなし》で笑《わら》い合《あ》える関係《かんけい》？

第《だい》2話《わ》　はじめての大《おお》ゲンカ

今日《きょう》も、放課後《ほうかご》に学校祭実行委員《がっこうさいじっこういいん》の集《あつ》まりがあった。

今年《ことし》は五、六年生《ねんせい》の各《かく》クラスの出《だ》し物《もの》として、自分《じぶん》たちで脚本《きゃくほん》や衣装《いしょう》を考《かんが》えた短《みじか》い劇《げき》をやることが、たった今決《いまき》まった。

「とりあえず、今日《きょう》の委員会《いいんかい》はここまでとします。各《かく》クラスに持《も》ち帰《かえ》り、明日以降内容《あしたいこうないよう》を話《はな》し合《あ》って決《き》めてください。長《なが》い時間《じかん》、おつかれさまでした」

委員長《いいんちょう》の言葉《ことば》が終《お》わるやいなや、わたしは佐藤《さとう》くんに手《て》をふって昇降口《しょうこうぐち》へと走《はし》った。

今日《きょう》こそ商店街《しょうてんがい》へ行《い》ってもち米《ごめ》をもらって帰《かえ》らないと、でかぱんがたいへんなことになっちやう！

お米屋《こめや》さんは閉店《へいてん》が早《はや》い。一度《ど》も止《と》まらずに走《はし》って、なんとかすべりこむことができた。前《まえ》に、商店街《しょうてんがい》のポスターを描《か》いて最優秀賞《さいゆうしゅうしょう》に選《えら》ばれたときの商品《しょうひん》である、もち米《ごめ》一年間無料《ねんかんむりょう》券《けん》を使《つか》って、両手《りょうて》に持《も》てるだけ持《も》たせてもらい、足元《あしもと》をふらつかせながら家《いえ》に着《つ》いた。

「ただいま」

と言《い》いながら、急《いそ》いで自分《じぶん》の部屋《へや》へ行《い》き、クローゼットにもち米《ごめ》をかくしていると、階下《かいか》から

「モモカ、おそーい！」

というパパの声《こえ》がした。でかぱんはねむっているみたい。

わたしは急《いそ》いで、リビングへおりていった。

「パパ、今日《きょう》も早《はや》いね」

「今日《きょう》は外《そと》で打《う》ち合《あ》わせがあって、急《いそ》ぎの仕事《しごと》がないからそのまま帰《かえ》って来《こ》れたんだ。それにしても、今日《きょう》もモモカのほうがおそいなんて」

「モモカは今《いま》、学校祭《がっこうさい》の実行委員《じっこういいん》だから、たいへんだって言《い》ったじゃない」

ママがお盆《ぼん》にのせたお味噌汁《みそしる》をテーブルに運《はこ》びながら言《い》った。

「ああ、そうだっけ。それにしてもモモカが実行委員《じっこういいん》なんて、意外《いがい》だなあ」

「クラスで選《えら》ばれたのよ、ね」

「う、うん」

選《えら》ばれたことはうそじゃないけど、カナちゃんたちのいやがらせだって知《し》ったら、ママは悲《かな》しむんだろうな。わたしは全然気《ぜんぜんき》にしてないんだけど……。

「モモカ、おしつけられたんだろ？」

パパが、わたしの顔《かお》をのぞきこみながら、ママには聞《き》こえないような小《ちい》さな声《こえ》で言《い》った。

わたしは素直《すなお》にうなずいた。

「やっぱり」

ママはカチャカチャと音《おと》をたてながら、食器棚《しょっきだな》の中《なか》のお皿《さら》を出《だ》している。

「でも、今《いま》はいやだとは思《おも》ってないよ。がんばろうと思《おも》ってる」

わたしの言葉《ことば》に、パパは目《め》を細《ほそ》めて笑《わら》うと、「えらいえらい」と言《い》って頭《あたま》をなでてくれた。


「ごちそうさまっ」

「もういいの?」

「うん。宿題《しゅくだい》あるから」

と言《い》って、急《いそ》いで自分《じぶん》の部屋《へや》へ向《む》かう。でかぱんの様子《ようす》が心配《しんぱい》だ。

「でかぱん、おなかすいたでしょ?　だいじょうぶ?」

「うーん」

でかぱんはつらそうな顔《かお》をして、ベッドに横《よこ》になっている。

「今日《きょう》、もち米《ごめ》もらってきたからね。これから、おにぎり作《つく》ってあげるから」

と言《い》いながら、わたしはあることに気《き》がついた。

いつもでかぱんのまわりをチョロチョロと動《うご》き回《まわ》っているちびぱんが、今日《きょう》はやけに少《すく》ない。

「一、二、三……三びきしかいないじゃない！　昨日《きのう》まで七ひきいたのに！」

「うーん」

でかぱんはあいまいな返事《へんじ》しかしない。

これって、これって、やっぱり……。

「食《た》べたんでしょ⁉」

わたしはゴロゴロしたままのでかぱんを両手《りょうて》でゆさぶった。

「ちびぱんのこと、食《た》べたんでしょ？

しかも、四ひきも！」

「食《た》べてない」

でかぱんは、のそのそと起《お》き上《あ》がりながら言《い》った。

「じゃあ、どこ行《い》ったの？　ちびぱんのことは食《た》べないって約束《やくそく》したじゃない！」

「食《た》べてない！」

残《のこ》りのちびぱん三びきが、でかぱんの前《まえ》に立《た》ちはだかった。

「お出《で》かけ？　どこに？」

「モモカちゃん、落《お》ち着《つ》いて。あのね、残《のこ》りのちびぱんはね、お出《で》かけしてるんだよ」

「どこかはよくわかんないけど……」

わたしはちびぱんたちの顔《かお》をまじまじと見《み》た。

ちびぱんたちはいつも、でかぱんの味方《みかた》をする。でかぱんのことが大好《だいす》きだからだ。たとえ、食《た》べられてしまうことがあっても。へんてこな関係《かんけい》だ。

「ちびぱんの言《い》うことはあてにならない」

わたしは冷静《れいせい》に言《い》った。

「いっつもでかぱんの味方《みかた》をするんだもん」

「モモカ、ひどい」

今度《こんど》はちゃんと起《お》き上《あ》がったでかぱんが言《い》った。

「うたがってばっかり。ひどい！」

「だって、百歩《ぽ》ゆずって、食《た》べたことはゆるしてあげるとしても、うそをついていることがゆるせないんだもん」

「だから、食《た》べてない！」

「じゃあ、証拠《しょうこ》は？　食《た》べてないっていう証拠《しょうこ》を見《み》せてくれたら信《しん》じるよ」

「ショウコ？」

でかぱんは腕組《うでぐ》みをして考《かんが》えだした。

「ほら、証拠《しょうこ》がないじゃない。でかぱんはおなかがすいていた。でかぱんは、おなかがすくとちびぱんを食《た》べることがある。現《げん》に、ちびぱんが減《へ》っている。うたがうなっていうほうが無理《むり》だよ」

言《い》いながら、なんだかわたしはあとにひけなくなっていた。もとはと言《い》えば、もち米《ごめ》をきらしたわたしが悪《わる》いんだけど……。

「モモカ、信《しん》じてくれない。キライ！」

でかぱんがわたしに背《せ》を向《む》けて、またベッドにゴロンと横《よこ》になった。

「キライ」

というでかぱんの言葉《ことば》が、思《おも》いのほか胸《むね》にささった。

「なによ！　うそつき！　わたしだって、でかぱんなんて大《だい》キライ！」

足元《あしもと》でちびぱんたちがあわてふためいてなにか言《い》っていたけど、わたしは気《き》づかないふりをしてリビングへもどった。

「宿題《しゅくだい》、できたの？」

「うん」

仏頂面《ぶっちょうづら》でソファにどさっとこしをおろしたわたしを見《み》て、ママは目《め》をぱちくりさせた。

「どうしたの？　急《きゅう》にぷりぷりして。友《とも》だちとケンカでもしたの？」

ママの言葉《ことば》に、でかぱんってそもそも友《とも》だちなのかなあと思《おも》いながら、

「そんなとこかな」

とこたえた。パパはお風呂《ふろ》に入《はい》っていて、リビングにはいなかった。

「部屋《へや》で宿題《しゅくだい》してたんじゃないの？」

「えっと、学校《がっこう》でケンカしたの。思《おも》い出《だ》したら腹《はら》が立《た》ってきて」

「なんでケンカしたの？」

「わたしがしてほしくないことをしたうえに、してないってうそをつくんだもん」

「ちゃんと確《たし》かめたの？　本当《ほんとう》にしていないってことはないの？」

「確《たし》かめたってわけじゃないけど……。だって、していないっていう証拠《しょうこ》がないもん」

「確《たし》かめてないなら、したっていう証拠《しょうこ》もないんでしょ。本当《ほんとう》にしていないのに、うそをついているって決《き》めつけられていたら、その子《こ》かわいそうじゃない？」

ママの言葉《ことば》に、さっきのつらそうな様子《ようす》のでかぱんを思《おも》い出《だ》して、少《すこ》しずつ冷静《れいせい》になっていく自分《じぶん》がいた。もしかして、本当《ほんとう》に食《た》べていないのかなあ。

その夜《よる》、でかぱんはふて寝《ね》をきめこんだまま起《お》きなかったので、結局仲直《けっきょくなかなお》りをすることはなかった。

次《つぎ》の日《ひ》。帰《かえ》りのホームルームの時間《じかん》を使《つか》って、学校祭《がっこうさい》のクラスの出《だ》し物《もの》について話《はな》し合《あ》った。

例《れい》のごとくおしゃれ女子《じょし》たちが

「お姫様《ひめさま》と王子様《おうじさま》が出《で》てくる話《はなし》がいい」とか、「かわいいドレスを着《き》たいから、ダンスパーティのシーンがある話《はなし》がいい」などと言《い》い出《だ》したので、シンデレラをアレンジすることに決《き》まった。

配役《はいやく》については、

「はいっ！　わたし、シンデレラ役《やく》やりますっ」

ってカナちゃんが勢《いきお》いよく立候補《りっこうほ》したので、スムーズに決《き》まった。すると、カナちゃん支持派《しじは》のひとりが、

「王子様《おうじさま》には、佐藤《さとう》くんを推薦《すいせん》します」

と言《い》い出《だ》した。

そうくるだろうなとは思《おも》っていたけど、佐藤《さとう》くんがカナちゃんとダンスをおどるところを想《そう》像《ぞう》したら、なんだかとてもモヤモヤした。

いやいやながらも、黒板《こくばん》の「王子様役《おうじさまやく》」のところに佐藤《さとう》くんの名前《なまえ》を書《か》こうとしたら、佐藤《さとう》くんがそれを制《せい》した。

「実行委員《じっこういいん》もやっていていそがしいし、身長《しんちょう》も低《ひく》めだから、ぼくには王子様役《おうじさまやく》は難《むずか》しいと思《おも》います。ぼくは、長谷部《はせべ》くんを推薦《すいせん》します。長谷部《はせべ》くんなら背《せ》も高《たか》いし、王子様《おうじさま》っぽいと思《おも》います」

女子《じょし》の間《あいだ》から、賛成《さんせい》の声《こえ》が上《あ》がった。長谷部《はせべ》くんはサッカーが得意《とくい》な細身《ほそみ》のイケメンで、佐《さ》藤《とう》くんが転校《てんこう》してくる前《まえ》は、カナちゃんたちの間《あいだ》で一番人気《ばんにんき》があったのだ。

カナちゃんは当初《とうしょ》、佐藤《さとう》くんが王子様《おうじさま》でないことに不服《ふふく》そうだったが、長谷部《はせべ》くんに決《き》まると、まんざらでもなさそうだった。

こうして、重要《じゅうよう》な配役《はいやく》が決《き》まり、残《のこ》りの役《やく》についてもわりとスムーズに決《き》まっていった。

「よかったね。なんとか無事《ぶじ》に配役《はいやく》が決《き》まって」

「そうだね。あとは脚本《きゃくほん》を固《かた》めて、けいこしないと」

脚本《きゃくほん》は、ミサキが書《か》くことになった。なんと、自分《じぶん》で立候補《りっこうほ》したのだ。

前《まえ》から少女《しょうじょ》まんがに夢中《むちゅう》だったミサキは、最近《さいきん》は自分《じぶん》でも物語《ものがたり》を書《か》き始《はじ》めているという。ミサキは作文《さくぶん》も得意《とくい》だから、ヤマさんがやってみたらとあと押《お》ししたのだった。

今日《きょう》は実行委員《じっこういいん》の集《あつ》まりはなかったけど、わたしと佐藤《さとう》くんは残《のこ》って、ホームルームで決《き》まった内容《ないよう》をまとめてから帰《かえ》ることになった。

「おつかれさま。今日《きょう》も急《いそ》ぐの？」

佐藤《さとう》くんに言《い》われて、わたしは首《くび》を横《よこ》にふった。

「じゃあ、いっしょに帰《かえ》ろうよ」

「うん」

うれしいけど、ほっぺたが赤《あか》くなっちゃう。

「昨日《きのう》は、なにをそんなに急《いそ》いでいたの？」

「えっ？」

ふいをつかれて、しどろもどろになってしまった。

「えっと、あの、その、おつかいをたのまれてて」

「ふうん、そうだったんだ」

佐藤《さとう》くんといっしょに帰《かえ》ることにまいあがっていたけど、でかぱんとケンカしたままだったことを思《おも》い出《だ》した。

結局《けっきょく》、昨日《きのう》はもち米《ごめ》のおにぎりも作《つく》っていないし……。

「どうしたの？　暗《くら》い顔《かお》して？」

「えっ？　そう？」

「もしかして、シンデレラ役《やく》、やりたかったの？」

意外《いがい》なことを言《い》われて、思《おも》わずぷっとふきだしてしまった。

「まさかあ、全然《ぜんぜん》やりたくないよ！」

「そうなんだ。長沢《ながさわ》さんがシンデレラ役《やく》だったら、ぼく、王子《おうじ》様役《さまやく》やってもよかったかも」

「えっ？」

ドキン！

と、心臓《しんぞう》が飛《と》びはねる音《おと》が聞《き》こえた気《き》がした。

「だって、ぼくたちだと、身長差《しんちょうさ》がちょうどいいと思《おも》わない？　長沢《ながさわ》さん、そんなに大《おお》きくないもんね」

なあんだ。びっくりした。

そういう意味《いみ》か。ときめいてソンしちゃったよ。

部屋《へや》に入《はい》ると、あいかわらずでかぱんはふて寝《ね》をしていた。

「ただいま」

ぽつりと言《い》ってみたけど、返事《へんじ》はない。

ちびぱんたちがかけよってきた。一、二、三びき、ちゃんといる。

さすがに昨日《きのう》はあれだけ言《い》ったから、食《た》べていないか。

「モモカちゃん、でかぱんに早《はや》くおにぎりあげて！」

「あ、うん。でも……」

「まだうたがっているのか？」

部屋《へや》のすみのほうから、前《まえ》にも聞《き》いたことのある声《こえ》がした。

「もしかして、くろぱん？」

くろぱんの後《うし》ろには、やはりしろぱんもいた。

くろぱんは、でかぱんがなぞの液《えき》につけようとしたときに液《えき》の中《なか》へ落《お》っことして、真《ま》っ黒《くろ》になったもちぱん。

しろぱんは、液《えき》につけられるのがこわくてにげだしたため、

真《ま》っ白《しろ》なままのもちぱん。

二人《ふたり》には、前《まえ》にも大切《たいせつ》なことを教《おし》えてもらったことがある。

「うたがいたくなる気持《きも》ちは、わからないでもないな」

くろぱんは、ちょっとやさぐれているから、わたしのトゲトゲした気持《きも》ちもわかってくれる。

「でも、でかぱんがうそを言《い》っていないっていう証拠《しょうこ》、あるよ」

くろぱんの後《うし》ろから、しろぱんがちょっとだけ顔《かお》を出《だ》して言《い》った。

「証拠《しょうこ》って？」

くろぱんは、ちびぱんたちにも手伝《てつだ》ってもらいながら、寝《ね》ころんだままのでかぱんを支《ささ》えて、起《お》き上《あ》がらせた。

「よく見《み》るんだ」

でかぱんは空腹《くうふく》のせいか、うつろな目《め》をしている。それだけではない。もっちりしていた体《からだ》が、げっそりしているようだ。

「だっこしてみろ」

くろぱんに言《い》われるまま、でかぱんをだっこしようとして、ためらった。

「モモカ、キライ！」

というでかぱんの声《こえ》が、耳《みみ》にこだまする。

「早《はや》く！」

くろぱんにせかされて、そうっとだきあげると……

「軽《かる》い！」

前《まえ》にだっこしたときよりも、確実《かくじつ》に軽《かる》くなっている。

「いいか？　でかぱんはちびぱんを作《つく》る

と、その分《ぶん》だけ自分《じぶん》の体重《たいじゅう》が軽《かる》くなるんだ。ちびぱんを食《た》べると、その分《ぶん》だけもとにもどる。モモカの家《いえ》に来《き》てからは、ちびぱんを食《た》べない分《ぶん》、もち米《ごめ》を食《た》べて体重《たいじゅう》をキープしていたんだ。でも、ここ二日《ふつか》、もち米《ごめ》を食《た》べていない。それに、ちびぱんも食《た》べていないから、体重《たいじゅう》が減《へ》ってしまったんだ」

くろぱんが説明《せつめい》すると、ほかのちびぱんたちも

「ほら、だから食《た》べられてないいって言《い》ったじゃない」

と口々《くちぐち》に言《い》い出《だ》した。

「そうだったんだ」

わたしはでかぱんをかかえたまま、へなへなと座《すわ》りこんだ。でかぱんは、うつろな目《め》をしたままだ。

「ごめんね。うたがってごめんね。うそつきなんて言《い》ってごめん」

言《い》いながらでかぱんをぎゅっとだきしめると、今《いま》までにないほどスリムになっていく。

「待《ま》ってて！　すぐにおにぎりたくさん作《つく》ってあげるからね！」

わたしはでかぱんをそうっとベッドに寝《ね》かせると、急《いそ》いでもち米《ごめ》のおにぎりの用意《ようい》をした。

もち米《ごめ》のたけるいいにおいが部屋《へや》じゅうにただよってくると、でかぱんは鼻《はな》をヒクヒクさせながら、よたよたと起《お》き上《あ》がった。

「さあ、たくさんめしあがれ！」

そう言《い》って、できたてのおにぎりを差《さ》し出《だ》すと、でかぱんは両手《りょうて》にひとつずつ持《も》って、ぱくぱく食《た》べ始《はじ》めた。

「でかぱん、ごめんね」

あらためて謝《あやま》ると、でかぱんは

「モモカのおにぎりおいしいから、もういいよ」

と言《い》った。

「本当《ほんとう》に？　キライじゃない？」

こわごわそう聞《き》くと、でかぱんは

「キライじゃない」

とこたえた。

よかったあ。わたしは心底《しんそこ》ほっとして、胸《むね》をなでおろした。

「でも、まだ問題《もんだい》は解決《かいけつ》したわけじゃない」

くろぱんの言葉《ことば》に、わたしはうなずいた。

でかぱんはちびぱんを食《た》べていない。それは、くろぱんのおかげではっきりわかった。

じゃあ、いなくなった四ひきのちびぱんは、いったいどこへ消《き》えてしまったのだろう。

「ねえ、なにか心《こころ》あたりはある？」

わたしの質問《しつもん》に、でかぱんも残《のこ》ったちびぱんも、くろぱんもしろぱんも、首《くび》をひねるばかりだった。

9月《がつ》14日《にち》　くろぱん

天気《てんき》　あめ

でかぱんは、ちびぱんを作《つく》った分《ぶん》
だけやせる。

いつもは、もち米《ごめ》を食《た》べて体重《たいじゅう》を
保《たも》っているけど、今《いま》はもち米《ごめ》がない
からやせたままで元気《げんき》がない。
四ひきのちびぱんはいなくなったまま。

信《しん》じることって大切《たいせつ》!!

第《だい》3話《わ》　ヒミツの共有《きょうゆう》

「モモカ、たいへん！」

学校《がっこう》から帰《かえ》って部屋《へや》に入《はい》るなり、でかぱんが待《ま》ちかまえていたように言《い》った。

「どうしたの？」

「ちびぱんがみんないなくなった」

「えっ？　残《のこ》りの三びきも？」

見《み》まわすと、たしかに一ぴきもいない。

いつもでかぱんの近《ちか》くにいるのに。

くろぱんやしろぱんは、たまにしか現《あらわ》れないから、いないことがふつうって感《かん》じもするけど、ちびぱんたちは全員《ぜんいん》いつでもでかぱんのそばにいたから、こんなにいないことが続《つづ》くとかなり不自然《ふしぜん》だ。

これまでは、でかぱんが食《た》べたのかとうたがっていたけど、今《いま》はそうは思《おも》わない。

くろぱんとしろぱんが証拠《しょうこ》を見《み》せてくれたからっていうだけでなく、やっぱりでかぱんのことを信《しん》じたい。

「どこに行《い》っちゃったんだろう？」

わたしは懐中電灯《かいちゅうでんとう》を持《も》ってきて、でかぱんとともに部屋《へや》のすみずみまで注意《ちゅうい》ぶかく探《さが》した。

もちろん、クローゼットの中《なか》も。机《つくえ》の引《ひ》き出《だ》しも全部《ぜんぶ》開《あ》けて調《しら》べた。

「いないね……」

ちびぱんの姿《すがた》は、どこにもない。たった一ぴきすら見《み》つからなかった。

日曜日《にちようび》。パパとママがおじさんの家《いえ》へ行《い》くことになったので、そのすきに家《いえ》じゅうを探《さが》し回《まわ》った。

リビング、キッチン、洗面所《せんめんじょ》にお風呂《ふろ》にトイレ……。パパとママの寝室《しんしつ》まで見《み》てみたけど、やっぱりどこにもいない。

「いったい、どこにいるんだろう？　なにか、こう、テレパシーみたいなのはないの？　ちびぱんって、もともとはでかぱんの体《からだ》の一部《ぶ》だったんだし」

「テレパシー？　――わからない」

わたしは、でかぱんをだっこすると、

でかぱんがわが家《や》で一番《ばん》お気《き》に入《い》りのリビングのソファのところへ連《つ》れて行《い》き、自分《じぶん》もこしかけた。

気《き》のせいかもしれないけど、でかぱんがいつもより元気《げんき》がないように見《み》える。

だまって見《み》ていると、視線《しせん》に気《き》づいたでかぱんが、わたしのとなりにぴったりとくっついてきた。

「ちびぱんがいなくなってさみしい？」

と聞《き》くと、でかぱんは首《くび》を横《よこ》にふった。

「モモカがさみしそう」

そう言《い》って、わたしの顔《かお》をじっと見《み》つめる。

やだ、いつにもましてでかぱんがかわいい。ぎゅっとだきしめようとしたところで、

「新《あたら》しいちびぱん、たくさん作《つく》ろうか？」

と言《い》われてげんなりした。

そういう問題《もんだい》じゃないんだけどなあ。

次《つぎ》の日《ひ》は、実行委員《じっこういいん》の集《あつ》まりが終《お》わってから、また佐藤《さとう》くんといっしょに帰《かえ》ることになった。

佐藤《さとう》くんと帰《かえ》れるのはうれしい。それに、実行委員《じっこういいん》の仕事《しごと》のあとだと、もうみんな帰《かえ》っているから、カナちゃんはじめ、まわりの目《め》を気《き》にしなくていいのもすばらしい。

転校《てんこう》してきてからしばらく経《た》ったけど、今《いま》をときめくアイドル、モッチーに似《に》ている佐藤《さとう》くんはやっぱり目立《めだ》つ。わたしみたいにどこからどう見《み》てもアイドル顔《かお》じゃないし、むしろ地味《じみ》っていう立場《たちば》からすると、ならんで歩《ある》くのはなかなか勇気《ゆうき》のいることだ。

でも、今《いま》は、正直《しょうじき》に言《い》うと佐藤《さとう》くんのことよりも、いなくなったちびぱんたちのことのほうが気《き》になっていた。

「どうしたの？」

「えっ？」

「長沢《ながさわ》さん、今日元気《きょうげんき》なかったよね？　委員会《いいんかい》もうわの空《そら》だったでしょ？」

「そ、そんなことないよ」

「なにか困《こま》っていることでもあるの？　なやみがあるなら聞《き》くよ」

そう言《い》われて佐藤《さとう》くんのほうを見《み》ると、いつになくしんけんな顔《かお》をしている。

佐藤《さとう》くんといるときは、いつもはずかしくてうつむきがちだったから、あんまり顔《かお》を見《み》るよゆうがなかったんだけど、こんなふうにわたしのこと見《み》てくれているんだ。

そう思《おも》って、なんとなく目《め》がはなせないでいると、佐藤《さとう》くんの顔《かお》がだんだん赤《あか》くなってきた。

「そんなに見《み》られると、なんか……」

言《い》いながら、佐藤《さとう》くんはわたしから目《め》をそらした。

「あっ、そうだよね。ごめん、なんかじっと見《み》ちゃって」

わたしも急《きゅう》にはずかしくなってきた。顔《かお》から火《ひ》が出《で》そう！

しばらく無言《むごん》で歩《ある》いてから、佐藤《さとう》くんが再《ふたた》び切《き》り出《だ》した。

「それで、なにかなやんでるの？」

ああ、そうだった。ちびぱんたちのことで、頭《あたま》がいっぱいだったはずなのに、一瞬《いっしゅん》忘《わす》れていた。わたしってハクジョウだ。

「なやんでいることは、あるといえばあるんだけど、なんて説明《せつめい》していいかわからない」

わたしは正直《しょうじき》に言《い》った。

「ふうん。言《い》いたくないの？」

「そんなことないよ。言《い》いたいけど、うまく言《い》えないだけ」

「うまくなくてもいいから言《い》ってみて」

うーん。なんて言《い》えばいいのかな？

「家族《かぞく》がいなくなった」だと、大《おお》ごとになっちゃうし……。

やっぱりこれか。

「大事《だいじ》なものがなくなったの。しかも、たくさん」

「大事《だいじ》なもの？」

「そう」

「どこかで落《お》としたの？」

「それが、わからないの。家《いえ》の中《なか》をすみずみまで探《さが》したんだけど、見《み》つからなくて」

「それを持《も》って出《で》かけたりした？」

「してない」

「じゃあ、絶対家《ぜったいいえ》の中《なか》にあるよ。じっくり探《さが》したらきっと見《み》つかると思《おも》う。だいじょうぶだよ」

そう言《い》って、佐藤《さとう》くんはにっこりと笑《わら》った。

まあ、ふつうはそう思《おも》うよね。「大事《だいじ》なもの」が勝手《かって》に動《うご》き出《だ》すなんて、だれも思《おも》いつかないだろうし。

「まだ不安《ふあん》なの？　ぼくが長沢《ながさわ》さんちへ行《い》って、いっしょに探《さが》そうか？」

「ううん、だいじょうぶだよ。ありがとう」

ああ、でかぱんたちのこと全部《ぜんぶ》、佐藤《さとう》くんに話《はな》せたらいいのになあ。

「ただいま。ちびぱん、いた？」

カバンを置《お》きながら、ベッドにこしかけているでかぱんに聞《き》いた。

「いない。帰《かえ》ってきてない」

「そっか」

わたしはもう一度《ど》、事件《じけん》のあらましを頭《あたま》の中《なか》で整理《せいり》した。

ちびぱんは全部《ぜんぶ》で七ひきいた。

最初《さいしょ》に、四ひきいなくなった。あとから、残《のこ》りの三びきもいなくなった。

なにかヒントはないかなと考《かんが》えているうちに、あとからいなくなった三びきのちびぱんたちの言葉《ことば》を思《おも》い出《だ》した。

「あのね、残《のこ》りのちびぱんたちはね、お出《で》かけしてるんだよ」

たしか、そう言《い》っていた。

あのときは、でかぱんが食《た》べたと思《おも》いこんでいたので、あまりよく聞《き》いていなかったけど。

出《で》かけたとは言《い》うものの、どこへ行《い》ったのかもわからない様子《ようす》だったし。

今日《きょう》の夕食《ゆうしょく》は、ママと二人《ふたり》きりだった。パパは帰《かえ》りがおそいみたい。夕飯《ゆうはん》を食《た》べながら、ママが近所《きんじょ》で起《お》こった事件《じけん》について教《おし》えてくれた。

「モモカ、そういえば最近《さいきん》ペットどろぼうがはやっているみたいよ」

「ペットどろぼう？」

「そう。家《いえ》の外《そと》に出《で》ているペットをつかまえて連《つ》れて帰《かえ》って、いじめたりするんだって。うちにはペットがいないけど、いる家《いえ》は注意《ちゅうい》しないとね」

ふーん、ひどいなぁ。そんな大人《おとな》がいるなんて。

夕食後《ゆうしょくご》、あと片《かた》づけが済《す》むと、ママは録画《ろくが》していた探偵《たんてい》ものの海外《かいがい》ドラマを見始《みはじ》めたので、わたしもぼんやりと見《み》ていた。

『ご主人《しゅじん》は、その日《ひ》、どちらへ出《で》かけられたんです？』

『さあ、わかりませんわ。出《で》かけたということはたしかなんですが』

『なにか、思《おも》い当《あ》たることはありませんか？

最近《さいきん》、困《こま》っていたこととか？』

名探偵《めいたんてい》の言葉《ことば》に、わたしも考《かんが》えてみた。

ちびぱんたちが最近《さいきん》、困《こま》っていたことと言《い》えば……。

『いえ、特《とく》には。ああ、でも、ちょうど主人《しゅじん》が好《す》きな紅茶《こうちゃ》の葉《は》をきらしていたんです。まさか、それを買《か》いに行《い》こうとしたのかしら？』

美《うつく》しいご婦人《ふじん》の言葉《ことば》を聞《き》きながら、わたしははっとした。

わたしが、でかぱんにあげるもち米《ごめ》をきらしていた。ちびぱんたちは、まさか、それをもらいに出《で》かけた？

わたしははじかれるようにソファから立《た》ち上《あ》がると、自分《じぶん》の部屋《へや》へともどった。

「もう、うるさいわねぇ」

わが家《や》のご婦人《ふじん》のめいわくそうな声《こえ》が、背中《せなか》ごしに聞《き》こえた。

「うーん」

わたしの説明《せつめい》を聞《き》いて、でかぱんは考《かんが》えこんだ。

「どう？　ありえそうじゃない？　ちびぱんたちは、あんなにでかぱんのことを好《す》きなんだから。自分《じぶん》たちでどうにかもち米《ごめ》をもらってこようって考《かんが》えたんじゃないかな？」

「そうかもしれない」

「そして、まいごになっちゃったのかな。それで、心配《しんぱい》した残《のこ》りの三びきが探《さが》しにいって、ミイラとりがミイラになっちゃったのかも」

「モモカ、ミイラってなに？」

「今《いま》はそれ、知《し》らなくていいから。商店街《しょうてんがい》を探《さが》したら、なにかヒントが見《み》つかるかも」

でも、もちもち商店街《しょうてんがい》って、実《じつ》はけっこう広《ひろ》い。

「お米屋《こめや》さんを中心《ちゅうしん》に探《さが》すとしても、ひとりだとなかなかたいへんだなあ。だれかに事情《じじょう》を話《はな》して協力《きょうりょく》してもらえたらいいのに」

そう言《い》うと、でかぱんが急《きゅう》になにか思《おも》いついた顔《かお》をした。

「もし、モモカがもちぱんのことをだれかに話《はな》したら……」

「それは、このまえ聞《き》いたよ。どうなるかはわからないんでしょ？」

「そう。でも、相手《あいて》が自分《じぶん》からもちぱんの存在《そんざい》に気《き》づいたら、それはだいじょうぶだと思《おも》う」

「え？　なんで？」

「だって、モモカがそうでしょ？」

たしかに、言《い》われてみればそうだ。わたしはだれかから、もちぱんたちの存在《そんざい》について教《おし》えてもらったわけじゃない。

「気《き》づいても、信《しん》じようとしない人《ひと》もいる。モモカは、すんなり受《う》け入《い》れたから」

そうなんだ。じゃあ、もし、ナホとミサキがもちぱんの存在《そんざい》を受《う》け入《い》れてくれたら……。

でも、どうやって？　それに、あの二人《ふたり》はおばけとか妖精《ようせい》とか、まったく信《しん》じようとしないタイプだ。

やっぱり、佐藤《さとう》くんかな。佐藤《さとう》くんならきっと、受《う》け入《い》れてくれるような気《き》がする。

次《つぎ》の日《ひ》の放課後《ほうかご》、昨日《きのう》と同《おな》じようにわたしは佐藤《さとう》くんと肩《かた》をならべて帰《かえ》っていた。

さあ、なんとかしてうまく切《き》り出《だ》さないと。

「佐藤《さとう》くん、あのね、昨日《きのう》の話《はなし》、覚《おぼ》えてる？」

「え？　ああ、大事《だいじ》なものをなくしたって話《はなし》？」

「そう。その大事《だいじ》なものってね、」

わたしはいったん深呼吸《しんこきゅう》してから言《い》った。

「前《まえ》に見《み》せたパンダのマスコットなの」

佐藤《さとう》くんは前《まえ》に、学校《がっこう》へついてきたちびぱんを見《み》たことがある。しかも、それがきっかけとなって、うちへ遊《あそ》びに来《く》ることになり、でかぱんにも会《あ》ったのだった。

佐藤《さとう》くんは、ちびぱんが動《うご》いてしまったところも目撃《もくげき》したはずなのに、動《うご》くマスコットだと思《おも》っているみたいだった。

あれが、実《じつ》は自分《じぶん》で動《うご》いているっていうことに佐藤《さとう》くんが気《き》づいて、その事実《じじつ》を受《う》け入《い》れてくれれば、佐藤《さとう》くんにはもちぱんたちのことがバレても平気《へいき》だっていうことになる。

つまり、ちびぱん探《さが》しを手伝《てつだ》ってもらえるかもしれないってことだ。

「ああ、かわいかったよね。あの動《うご》くパンダでしょ」

佐藤《さとう》くんは笑《わら》いながら言《い》った。

よかった。ちゃんと動《うご》いていたことも覚《おぼ》えているみたい。わたしは慎重《しんちょう》に聞《き》いた。

「あれね、どうやって動《うご》いていると思《おも》う？」

「どうやって？　うーん、そういえばリモコンみたいなものもなかったよね？　――まさか、自分《じぶん》で自由《じゆう》に動《うご》いているとか？」

佐藤《さとう》くんは言《い》いながら、はっとした顔《かお》になった。

「もしかして、そうなの？　それで、長沢《ながさわ》さんの家《いえ》からいなくなっちゃったってこと？」

わたしは感動《かんどう》のあまり、もう少《すこ》しで佐藤《さとう》くんに飛《と》びつきそうになった。

わたしのなんとも言《い》えない表情《ひょうじょう》を見《み》て、佐藤《さとう》くんは自分《じぶん》が口《くち》に出《だ》したことが事実《じじつ》だとさとったようだ。でも、ちゃんと受《う》け入《い》れてくれるかな？

「そうだったんだ！　そうだったらいいなって思《おも》ってたけど。ねえ、自由《じゆう》に動《うご》くってことは、もしかして話《はな》すこともできるの？」

ああ、もうすっかり受《う》け入《い》れてる！　さすが、佐藤《さとう》くん！

「うん。ただ、わたし以外《いがい》の人《ひと》と話《はな》しているところを見《み》たことはないけど」

「たくさんいなくなったってことは、小《ちい》さいのがいなくなったんだよね？　大《おお》きいのは？」

「いるよ。わたしの部屋《へや》にいる」

それから、佐藤《さとう》くんにすべての事情《じじょう》を話《はな》し、ちびぱん探《さが》しに協力《きょうりょく》してもらうことになった。

家《いえ》に帰《かえ》っても、でかぱんはあいかわらずゴロゴロしていて、消《き》えてしまいそうな気配《けはい》はみじんもなかった。

よかった。佐藤《さとう》くんにも協力《きょうりょく》してもらえるし、これでちびぱんが見《み》つかれば、すべてがうまくいく。そう思《おも》っていた矢先《やさき》、

「モモカー、電話《でんわ》よ」

階下《かいか》からママの声《こえ》がした。電話《でんわ》はミサキからだった。泣《な》いているようだ。

「どうしたの？」

「カナちゃんたちに、脚本《きゃくほん》が全然《ぜんぜん》おもしろくないからやりたくないって言《い》われたの……」

「うそ！」

電話口《でんわぐち》で泣《な》きじゃくるミサキの気持《きも》ちを思《おも》い、わたしは苦《くる》しくなった。

実行委員《じっこういいん》は、学校祭《がっこうさい》の会場全体《かいじょうぜんたい》の運営《うんえい》にかかわる仕事《しごと》が多《おお》く、クラスの出《だ》し物《もの》については他《ほか》の人《ひと》が取《と》りしきることになっていたが、うまく回《まわ》っていないらしい。

「ミサキ、明日《あした》、脚本見《きゃくほんみ》せてくれる？　いっしょに考《かんが》えよう。ナホだっているし」

「そうだね。ありがとう、モモカ」

電話《でんわ》を切《き》ったあと、わたしはしばらく動《うご》けなかった。自分《じぶん》のことばかりで、親友《しんゆう》のつらい思《おも》いに気《き》づいてあげられなかったことに胸《むね》がいたんだ。

次《つぎ》の日《ひ》の朝《あさ》、教室《きょうしつ》へ入《はい》るとナホがかけよってきた。

「おはよう！　ミサキは？」

「さっき来《き》たんだけど、カナたちが来《き》たら、おなかいたいって言《い》い出《だ》して。保健室《ほけんしつ》へ連《つ》れて行《い》くとちゅうで、昨日《きのう》の話《はなし》聞《き》いたよ」

「そうなんだ。だいじょうぶかな」

教室《きょうしつ》にひびくカナちゃんの耳《みみ》ざわりな笑《わら》い声《ごえ》が、わたしとナホの深刻《しんこく》な空気《くうき》をやぶった。

「カナたちって、ほんとにムカつくよね。気《き》に入《い》らないなら、いっしょに考《かんが》えてくれたらいいのに」

興奮気味《こうふんぎみ》のナホをなだめて、わたしはミサキが書《か》いた脚本《きゃくほん》を読《よ》んだ。シンデレラをアレンジした、ミサキのオリジナルストーリーだ。

「これ、おもしろいじゃない！」

休《やす》み時間《じかん》にそう言《い》うと、ナホも大《おお》きくうなずいた。

まず、シンデレラの性格《せいかく》が悪《わる》いところがいい。いじわるな義理《ぎり》の母親《ははおや》や姉《あね》の前《まえ》では、ちゃんと働《はたら》いているふりをするけど、見《み》ていないところでは、ぞうきんを足《あし》でふんだまま床《ゆか》をふいたりする。また、最初《さいしょ》からお城《しろ》へ行《い》って、王子様《おうじさま》に気《き》に入《い》られることを目的《もくてき》としているところとか、魔法使《まほうつか》いにかぼちゃの馬車《ばしゃ》なんてダサいって文句《もんく》を言《い》うところとか……。

「これ、カナちゃんのイメージにぴったり！」

「でしょ！　おもしろいよね。ミサキ、絶対才能《ぜったいさいのう》あるよ」

しかし、カナちゃんに言《い》わせるとこうだった。

「なにからなにまで気《き》に入《い》らない！」

「なんでよ？」

ナホが食《く》ってかかる。ミサキはまだ保健室《ほけんしつ》からもどってきていない。

「もっと具体的《ぐたいてき》に言《い》ってもらわないと、ミサキだって直《なお》しようがないよ」

と、わたしは努《つと》めて冷静《れいせい》に言《い》った。

「とにかく、こんなのシンデレラじゃない！　もっと性格《せいかく》がよくて、美《うつく》しい設定《せってい》にしてもらわないと、やる気《き》がしない！」

カナちゃんが言《い》うと、おしゃれ女子《じょし》たちもウンウンとうなずいた。

「そんなの、ふつうのシンデレラっぽくてつまらないじゃない！　この役《やく》はカナにぴったりだよ。むしろ、カナにしかできないと思《おも》う」

ナホがしんけんな顔《かお》で言《い》った。

このとき、カナちゃんのまゆ毛《げ》がぴくりと動《うご》いたのをわたしは見《み》のがさなかった。「カナにしかできない」という言葉《ことば》が、彼女《かのじょ》の心《こころ》を動《うご》かしつつあるのだ。

「そうだよ！　ふつうにかわいいシンデレラを演《えん》じるより、ずっと難《むずか》しい役《やく》だと思《おも》うけど、カナちゃんならできると思《おも》う」

たたみかけるように、わたしも熱弁《ねっべん》した。

多少《たしょう》、おだてはいるけど、半分以上《はんぶんいじょう》は本気《ほんき》だ。

みんながイメージするようなシンデレラの劇《げき》より、ミサキの脚本《きゃくほん》のほうがずっとおもしろいし、そのシンデレラをカナちゃんはクラスのだれよりも上手《じょうず》に演《えん》じることができるはずだ。

そこへ、おしゃれ女子《じょし》グループのひとり、ユズハちゃんが絶妙《ぜつみょう》なコメントをした。

「そういうの、いいね！　イメージにない難《むずか》しい役《やく》にちょうせんするの。ほら、モデルのミズホちゃんもこないだの映画《えいが》でイメージをこわす役《やく》にちょうせんして、さらに人気《にんき》が出《で》たよね～」

ナホとわたしは、思《おも》わず顔《かお》を見合《みあ》わせた。

いやいや、むしろイメージにぴったりだけど……。

しかし、ユズハちゃんの言葉《ことば》は、カナちゃんの背中《せなか》をおすのに十分《じゅうぶん》だったようだ。

「うん、まあ、みんながそんなに言《い》うなら、がんばってみるよ」

ちょっと口《くち》をとがらせながら言《い》うカナちゃんに、わたしたちはおしみない拍手《はくしゅ》をおくった。

ミサキの脚本《きゃくほん》はおもしろいし、主役《しゅやく》のカナちゃんががんばってくれたら、五年一組《ねんくみ》の出《だ》し物《もの》は他《ほか》のクラスに負《ま》けないすばらしい劇《げき》になる。わたしは、そう確信《かくしん》した。

ナホといっしょに保健室《ほけんしつ》へ行《い》って、いきさつをミサキに話《はな》した。

ミサキはまだ半信半疑《はんしんはんぎ》だったけど、放課後《ほうかご》になったらカナちゃんが昨日《きのう》とは別人《べつじん》みたいにやる気《き》を出《だ》していたので、ほっとしたようだった。

平日《へいじつ》はこんな事件《じけん》があったり、実行委員《じっこういいん》の仕事《しごと》もハードだったりして、毎日《まいにち》があっという間《ま》に過《す》ぎてしまい、ちびぱん探《さが》しはまったくはかどらなかった。

そして、いよいよ日曜日《にちようび》。

佐藤《さとう》くんといっしょにちびぱんを探《さが》しに行《い》く日《ひ》がきた。

まずは、佐藤《さとう》くんがうちへやって来《き》て、あらためてでかぱんと対面《たいめん》した。

「佐藤《さとう》くん、お久《ひさ》しぶりね。実行委員《じっこういいん》、たいへんなんだってね」

ママが言《い》いながら、紅茶《こうちゃ》を注《そそ》いでくれた。

「はい。でも、長沢《ながさわ》さんがとてもがんばっているから、ぼくもがんばらなきゃって思《おも》います」

佐藤《さとう》くんは、あいかわらず礼儀《れいぎ》正《ただ》しく、はきはきとこたえていた。

その間《あいだ》、でかぱんは座《すわ》ったままの姿勢《しせい》で固《かた》まっている。やがて、ママが部屋《へや》から出《で》ていくと、佐藤《さとう》くんはでかぱんの近《ちか》くへ行《い》って、じーっと見《み》つめた。

「でかぱん、佐藤《さとう》くんだよ。覚《おぼ》えてるよね？前《まえ》にここへ来《き》たことあったでしょ？」

そうそう、あのときは佐藤《さとう》くんがとつぜんでかぱんに座《すわ》りだしたんだった。

あれはケッサクだったなあ。わたしがのんきに思《おも》い出《だ》し笑《わら》いをしている横《よこ》で、佐藤《さとう》くん

はとてもきんちょうしていた。

「あの、でかぱんさん？　でかぱんくん？　でかぱんちゃん？　長沢《ながさわ》さんからいろいろ聞《き》いています。あらためて、こんにちは。ぼくともしゃべってくれますか？」

すると、でかぱんは姿勢《しせい》をくずしてリラックスしながら、こう言《い》った。

「でかぱんでいいよ、モッチーもどき」

「ちょっと、佐藤《さとう》くんだって言《い》ってるでしょ！　失礼《しつれい》じゃない」

わたしはあせって言《い》ったけど、佐藤《さとう》くんはそんなことまったく気《き》にしていなかった。それよりも、でかぱんが動《うご》いていることと、自分《じぶん》の言葉《ことば》に返事《へんじ》をくれたことに感動《かんどう》しっぱなしだった。

「すごい、すごいね！　わあ、なんか夢《ゆめ》みたい！」

目《め》をキラキラさせて興奮《こうふん》している佐藤《さとう》くんの前《まえ》で、でかぱんはゴロゴロしながらおしりをかいている。もう、ちゃんとしてよ。わたしのしつけが悪《わる》いと思《おも》われちゃう。

佐藤《さとう》くんはしばらくの間《あいだ》、大興奮《だいこうふん》ででかぱんを見《み》つめていたが、やがて、思《おも》い出《だ》したように言《い》った。

「そうだ。ちびぱんたちを探《さが》しにいくんだったよね」

「うん。でかぱん、ここに入《はい》って」

わたしは遠足《えんそく》のときのリュックを出《だ》してきて、そこへでかぱんをつめた。わたしたちの作戦《さくせん》はこうだ。

でかぱんをつめたリュックをせおって、もちもち商《しょう》店街《てんがい》を行《い》き来《き》する。

もし、ちびぱんたちが商店街《しょうてんがい》にいるとしたら、でかぱんのことを大好《だいす》きなちびぱんたちのことだから、近《ちか》くへやってくるはずだ。そしたら、確保《かくほ》していっしょに帰《かえ》る。

「ちびぱんたちも話《はなし》ができるんでしょう？　だったら、一ぴきでも見《み》つければ、情報《じょうほう》を聞《き》くことができるね」

　でかぱんがつまったリュックをせおいながら、佐藤《さとう》くんが言《い》った。

「うん。一ぴきでも見《み》つかるといいけど……」

　しかし、わたしたちの期待《きたい》に反《はん》して、ちびぱんは一ぴきも見《み》つからなかった。

　わたしたちはすっかり落《お》ちこんで、とぼとぼと商店街《しょうてんがい》をあとにした。

　そんなわたしたちのうしろ姿《すがた》を、必死《ひっし》で追《お》いかけてくる小《ちい》さなひとつの影《かげ》があったことに、わたしも、佐藤《さとう》くんも、でかぱんも、まったく気《き》づいていなかった。

「あーん、待《ま》ってよぅ」

こちら、モモカちゃんちからいなくなったちびぱんたちのうち、あとからいなくなった三びきのうちの一ぴきです。一生懸命《いっしょうけんめい》走《はし》ったけど、でかぱんたちに追《お》いつくことができず……。でも、心配《しんぱい》して探《さが》しにきてくれたことがわかったから、なんとかおうちにたどりついて、説明《せつめい》してあげなくちゃ。

モモカちゃんがもち米《ごめ》をきらしちゃって、でかぱんがおなかをすかせてたあの夜《よる》。

でかぱんラブなちびぱんたちは、いてもたってもいられなくなりました。

そして、ちびぱん会議《かいぎ》の結果《けっか》、最初《さいしょ》の四ひきがもち米《ごめ》を探《さが》しに出《で》かけたのです。ところが、その四ひきがいっこうに帰《かえ》ってきません。しかも、そのことででかぱんとモモカちゃんが大《おお》ゲンカを始《はじ》めてしまいました。

「たいへんだ!」

と思《おも》った残《のこ》りのちびぱんたちは、「ちびぱん探偵《たんてい》団《だん》」を結成《けっせい》し、最初《さいしょ》に出《で》かけたちびぱんたちを探《さが》しにいくことにしました。

モモカちゃんが、もち米《ごめ》を商店街《しょうてんがい》でもらっていることは知《し》っていたから、みんなで歩《ある》いたり、知《し》らない人《ひと》のかばんにくっついたりして、なんとか商店街《しょうてんがい》へたどりついたのです。そして、お米屋《こめや》さんのあたりをうろうろしていると、ひとりのおば

あさんに会《あ》いました。

「おやおや、こないだの子《こ》たちによく似《に》ているわねえ。お仲間《なかま》なの？」

おばあさんに見《み》つかってしまってハラハラしましたが、先《さき》にいなくなった四ひきのちびぱんたちについて、このおばあさんがなにか知《し》っている様子《ようす》だったので、にげないでおとなしくしていました。

すると、おばあさんは
「あなたたちみたいなおチビさんたちが、こんなところにいたらキケンよ。うちへいらっしゃい？」

と言《い》って、手《て》をさしのべてくれました。それで、おばあさんの家《いえ》へ行《い》くことになったのです。

おばあさんの家《いえ》には、先《さき》に出《で》ていった四ひきのちびぱんたちがいました。ペット用《よう》の大《おお》きくてりっぱなケージがあって、四ひきはそこでのんびりくつろいでいたのです。

「ねえ、こんなところでなにしてるの？　でかぱんもモモカちゃんも心配《しんぱい》してるよ」

そう言《い》うと、先《さき》に出《で》ていったちびぱんたちが言《い》いました。

「すぐに帰《かえ》るつもりだったんだけど、おばあさんがくれるもち米《こめ》のおだんごがおいしくて」

そこへ、おばあさんがちょうどおだんごを持《も》ってきてくれました。

「ほら、あとから来《き》た子《こ》たちもおなかがすいているんだろ？　たんとお食《た》べ」

こうして、ちびぱんたちはすっかり、おばあさんのおだんごのとりこになっていたのでした。

でも、このままずっとここにいるわけにはいきません。おだんごに夢中《むちゅう》ですっかり忘《わす》れていたけど、でかぱんとモモカちゃんが心配《しんぱい》しているのです。今日《きょう》こそは、たとえ一ぴきだけでも、モモカちゃんちへもどらなくては。そう決意《けつい》して、おばあちゃんの家《いえ》を出《で》たところで、でかぱんをかかえたモモカちゃんたちを見《み》かけました。

すぐにかけようとしたのですが、なんと、運悪《うんわる》く商店街《しょうてんがい》で飼《か》われているネコに見《み》つかって追《お》いかけられてしまい、にげ回《まわ》っているうちにでかぱんたちが遠《とお》ざかってし

まったのです……。

でも、あとを追《お》っていけばどうにかたどりつけるはず。

まってて、でかぱん！

おさんぽ中《ちゅう》のワンちゃんのしっぽにつかまって、なんとかモモカちゃん一行《いっこう》を見失《みうしな》わずにおうちの前《まえ》までたどりつきました。

ああ、なつかしのモモカちゃんの家《いえ》！

うんしょ、うんしょと階段《かいだん》を上《のぼ》り、モモカちゃんが部屋《へや》から出《で》ていこうとしたすきに、ドアの中《なか》へと飛《と》びこみました。

「でかぱんっ！」

ああ、やっと会《あ》えた！　ひさびさの対面《たいめん》！　でかぱんに飛《と》びついてすりすりしながら感動《かんどう》していると、でかぱんにむんずとつかまれました。

「でかぱん、みんなのいるところがわかったよ。商店街《しょうてんがい》の近《ちか》くに住《す》んでいる川村《かわむら》さんっていうおばあさんのうちにみんないるよ！」

「う？……ん……」

あれ？　でかぱん、まだ半分《はんぶん》ねむっているのかな？　ちゃんと伝《つた》わったかな？

でかぱんの顔《かお》をじっと見《み》ていると、やがて大《おお》きな口《くち》があいて……。

9月《がつ》21日《にち》 ちびぱん

天気《てんき》 くもり

いなくなった四ひきのちびぱんたちは
みんな商店街《しょうてんがい》の近《ちか》くに住《す》んでる
おばあさんの家《いえ》にいました。
おばあさんの家《いえ》の居心地《いごこち》がよすぎて
帰《かえ》りそびれているようです。

おばあさん家《ち》の
もち米《ごめ》のおだんご
最高《さいこう》!!

第《だい》4話《わ》　これからの約束《やくそく》

お風呂《ふろ》からあがってリビングへ行《い》くと、ママがテレビのニュースを見《み》ていた。

「ほら、このあいだモモカに話《はな》したペットどろぼうのニュースよ」

ペットどろぼう……。そっか、もしかしたら、ちびぱんたちもペットどろぼうにつかまっているのかもしれない。たいへんなめにあってたらどうしよう？

急《いそ》いで部屋《へや》へ行《い》くと、さっきまでねむっていたはずのでかぱんが起《お》きていた。

「どうしたの？　今日《きょう》は外《そと》へ出《で》かけてつかれたみたいだったから、もう朝《あさ》まで起《お》きないと思《おも》っていたのに」

「う……ん……」

宙《ちゅう》を見《み》つめて、ぼんやりしている。寝《ね》ぼけているのかな？

「モモカ」

「なに？」

「商店街《しょうてんがい》の近《ちか》くにおばあさん住《す》んでる？」

「え？　商店街《しょうてんがい》の近《ちか》くに住《す》んでるおばあさん？　たくさんいると思《おも》うけど」

このあたりは、住《す》みごこちのいい町《まち》として評判《ひょうばん》がよく、わりと高齢《こうれい》の方《かた》も多《おお》く住《す》んでいる。

「えっと、カワ……カワなんとかさんっていう名前《なまえ》の」

「川《かわ》なんとかさん？　わかんないな？　急《きゅう》にどうしたの？」

「そこにいるみたい。ちびぱんたち」

「えっ？　本当《ほんとう》に？」

「うん」

「そんな有力情報《ゆうりょくじょうほう》、なんで急《きゅう》にわかったの？」

わたしが身《み》を乗《の》り出《だ》して聞《き》くと、でかぱんはじりじりとあとずさりをした。

「な、なんとなく」

「もしかして、テレパシー？　今日《きょう》、近《ちか》くまで行《い》ったのが原因《げんいん》で、通《つう》じ合《あ》っちゃったとか？」

「え、あ、うん。そうか……も？　ちぴぱんの声《こえ》が聞《き》こえたような……」

「すごい！　やっぱり、自分《じぶん》の一部《ぶ》だ

もんね。そういうのあるんだ」

「う、うん」

「でかぱん、なんか様子《ようす》が変《へん》だね」

いつもはあんなに堂々《どうどう》としているのに、どこかソワソワして落《お》ち着《つ》かないように見《み》える。

「もしかして……」

「ちがうっ！」

でかぱんがものすごい勢《いきお》いで言《い》った。

「なにがちがうの？　まだなにも言《い》っていないのに。おなかがすいたんじゃないの？」

「すいてない。さっき食《た》べ……う、あ、もう寝《ね》る！」

そう言《い》って、ゴロンと横《よこ》になると、あっという間《ま》に寝息《ねいき》をたて始《はじ》めた。

なんかまだ変《へん》な感《かん》じもするけど、有力《ゆうりょく》な情報《じょうほう》もつかめたし、まあいっか。

次《つぎ》の日《ひ》、たまたま実行委員《じっこういいん》の仕事《しごと》がなかったので、放課後《ほうかご》、クラスの出《だ》し物《もの》である劇《げき》の練習《れんしゅう》を見《み》ることにした。

「あっらー、おかあさま、おねえさま、今日《きょう》も一段《いちだん》とお美《うつく》しいわ。お城《しろ》での舞踏会《ぶとうかい》、きっとたくさんの殿方《とのがた》がお二人《ふたり》に夢中《むちゅう》になるでしょうね」

カナちゃん演《えん》じるシンデレラが、そう言《い》いながら二人《ふたり》にふりかけた香水《こうすい》は、実《じつ》は台所《だいどころ》の生《なま》ごみの捨《す》て場《ば》からとってきた水《みず》だという設定《せってい》らしい。

「あら、これ、本当《ほんとう》にこないだ買《か》った香水《こうすい》？　変《へん》な香《かお》りね」

「香水《こうすい》って、だんだん香《かお》りが変《か》わるって言《い》うじゃありませんか。そのうちいい香《かお》りになりますよ」

シンデレラは満面《まんめん》の笑《え》みで二人《ふたり》を送《おく》りだす。

ナホがわたしのとなりへ来《き》て、そっと耳《みみ》うちした。

「いいでしょ、カナ。演技《えんぎ》っていうか、カナそのもの」

「ほんとほんと」

したたかで性根《しょうね》の悪《わる》いシンデレラだが、魔法使《まほうつか》いならぬ悪魔《あくま》の力《ちから》でやっと王子様《おうじさま》に会《あ》えたとき、はじめて恋《こい》を知《し》り、素直《すなお》で純粋《じゅんすい》な女《おんな》の子《こ》になる。

ところが、時《とき》はすでにおそかった。

シンデレラは悪魔《あくま》にたのんで、結婚《けっこん》後《ご》すぐに王子《おうじ》の命《いのち》をうばってもらう約束《やくそく》をしていたのだ。

そうすれば、遺産《いさん》はシンデレラのものとなり、悪魔《あくま》は王子《おうじ》の残《のこ》りの命《いのち》を手《て》に入《い》れることができる。そういう契約《けいやく》だった。

自分《じぶん》でも意外《いがい》なことに、王子《おうじ》のことを愛《あい》してしまったシンデレラは、悪魔《あくま》に契約《けいやく》の解除《かいじょ》を申《もう》し出《で》る。

すると、悪魔《あくま》は、シンデレラのガラスのくつの片方《かたほう》をかくしてしまい、舞踏会《ぶとうかい》が終《お》わる十二時《じ》までに見《み》つけることができたら、契約《けいやく》を解除《かいじょ》してやると言《い》った。

舞踏会《ぶとうかい》を楽《たの》しむ人《ひと》たちをよそに、必死《ひっし》の形相《ぎょうそう》でくつを探《さが》し回《まわ》るシンデレラ。

なにも知《し》らない王子《おうじ》はシンデレラをなん度《ど》もダンスに誘《さそ》う。

十二時《じ》の鐘《かね》が近《ちか》づき、最後《さいご》の曲《きょく》が流《なが》れだしたとき、シンデレラはくつを探《さが》すのをあきらめて、泣《な》きながら王子《おうじ》とダンスをおどる。

そして、自分《じぶん》のおろかな契約《けいやく》のことを王子《おうじ》に話《はな》し、結婚《けっこん》をあきらめて王子《おうじ》のもとを去《さ》ろうとするのだった。

そのとき、なんとあれだけ探《さが》しても見《み》つからなかったくつがどこからともなく現《あらわ》れた。

十二時《じ》の鐘《かね》が鳴《な》りおわる寸前《すんぜん》だった。

こうして、シンデレラは無事《ぶじ》に王子《おうじ》と結婚《けっこん》し、末永《すえなが》く幸《しあわ》せにくらした。

「ミサキの脚本《きゃくほん》、ほんとにおもしろいね！」

ラストまで見終《みお》わって脚本兼監督《きゃくほんけんかんとく》のミサキに声《こえ》をかけると、その顔《かお》は今《いま》までにないほどかがやいていた。

「ありがとう！　みんなの演技《えんぎ》もどんどんよくなってきてるよ」

たしかに。

カナちゃんについても、前半《ぜんはん》のほうは地《じ》でやっている感《かん》じが強《つよ》いけど、後半《こうはん》の改心《かいしん》していくあたりなんかは、練習《れんしゅう》の成果《せいか》が表《あらわ》れているのだと思《おも》う。カナちゃんだということを忘《わす》れて、ちょっとうるっとしてしまうほどだ。

王子役《おうじやく》の長谷部《はせべ》くんもすてきだし、悪魔役《あくまやく》や義理母《ぎりはは》、義理姉役《ぎりあねやく》のみんなもとても生《い》き生《い》きとしている。みんな、すごいなあ。

わたしも実行委員《じっこういいん》の仕事《しごと》、最後《さいご》までがんばろう！

次《つぎ》の日曜日《にちようび》、わたしは再《ふたた》びリュックにでかぱんをつめて、佐藤《さとう》くんとともにもちもち商店街《しょうてんがい》にいた。今日《きょう》こそは、ちびぱんを見《み》つけないと。

まずは、川《かわ》なんとかさんというおばあさんを探《さが》さなくちゃ。その人《ひと》がペットどろぼうじゃないといいんだけど……

酒屋《さかや》の前《まえ》を通《とお》りかかると、ちょうど配達《はいたつ》から帰《かえ》ってきたらしい、コウスケさんに出《で》くわした。

コウスケさんは、子《こ》どもも大人《おとな》も参加《さんか》できる商店街《しょうてんがい》のバスケットボールチームの代表役《だいひょうやく》をしていて、前《まえ》にわたしもミサキとナホとともに参加《さんか》したことがあった。

「やあ、モモカちゃん。久《ひさ》しぶりだね。最近《さいきん》、バスケのほうにはちっとも来《こ》ないじゃない」

「コウスケさん、こんにちは。今《いま》、学校祭《がっこうさい》が近《ちか》いので準備《じゅんび》でへとへとなんですよ」

「そうなんだ。ああ、学校祭《がっこうさい》ね。もうそんな時期《じき》か。終《お》わったらまた来《き》てよ。あれ？　こちら、モモカちゃんの彼氏《かれし》？」

コウスケさんが、佐藤《さとう》くんのほうを見《み》ながら言《い》った。

「こんにちは。佐藤《さとう》ユウトです」

「へぇ、モモカちゃんもスミにおけないなあ」

「ちょっと、コウスケさんやめてよ。佐藤《さとう》くんは、今年《ことし》わたしのクラスに転校《てんこう》してきて、今《いま》、学校祭《がっこうさい》の実行委員《じっこういいん》をいっしょにやってるだけだよ」

「そうなんだ。佐藤《さとう》くん、モモカちゃんはいい子《こ》だから、よろしくね！　じゃあ、今日《きょう》は学校《がっこう》祭《さい》の準備《じゅんび》？　なにか必要《ひつよう》なものでもあるの？」

「ううん、今日《きょう》はちょっと人《ひと》を探《さが》してるの。コウスケさん、この商店街《しょうてんがい》の近《ちか》くに住《す》んでいる、川《かわ》なんとかさんっていうおばあさん知《し》ってる？」

「川《かわ》なんとかさん？　川上《かわかみ》さんとか、川村《かわむら》さんとかってこと？」

「たぶん」

そこへ、お米屋《こめや》さんのおくさんが通《とお》りがかった。

「あら、モモカちゃん、今日《きょう》ももち米《ごめ》持《も》ってく？」

「あ、まだあるからだいじょうぶです」

「おくさん、このあたりに住《す》んでいて、川《かわ》がつく名字《みょうじ》のおばあさんっている？」

コウスケさんが、お米屋《こめや》さんのおくさんに聞《き》いてくれた。

「ああ、川村《かわむら》さんって方《かた》なら、よくうちにいらっしゃるよ」

わたしと佐藤《さとう》くんは、顔《かお》を見合《みあ》わせた。

「どういう方《かた》ですか？」

佐藤《さとう》くんが聞《き》くと、お米屋《こめや》さんのおくさんはちょっと考《かんが》えてからこたえた。

「そうねぇ、お上品《じょうひん》な方《かた》よ。よくもち米《ごめ》を買《か》っていくわね。そういえば、この前《まえ》、なんだかおもしろいことを言《い》ってたわよ」

「おもしろいこと？」

「最近《さいきん》、立《た》て続《つづ》けにめずらしい生《い》きものを見《み》つけたんですって。それが、もち米《ごめ》で作《つく》ったおだんごをたくさん食《た》べるって」

「それって、ちびぱんだ！」

思《おも》わず、佐藤《さとう》くんとわたしは同時《どうじ》に声《こえ》を上《あ》げていた。リュックの中《なか》で、でかぱんもぞっと動《うご》いた。

「その川村《かわむら》さんの家《いえ》ってどちらにあるんですか？」

わたしたちは川村《かわむら》さんの家《いえ》を教《おし》えてもらい、たずねてみることにした。

川村《かわむら》さんの家《いえ》は、商店街《しょうてんがい》からちょっとそれた道《みち》ぞいにあった。古《ふる》い家《いえ》だったが、庭先《にわさき》の植物《しょくぶつ》はどれもよく手入《てい》れされており、日差《ひざ》しを受《う》けてかがやいていた。

ドアの横《よこ》にあったチャイムを鳴《な》らすと、

「はあい、どなた？」

という、のんびりした明《あか》るい声《こえ》が聞《き》こえた。

「あ、あの……ちょっとお聞《き》きしたいことがあって……」

もしかしたら、この人《ひと》がペットどろぼうかもしれない。そう考《かんが》えるときんちょうして、しどろもどろになってしまった。そんなわたしの様子《ようす》を見《み》て、佐藤《さとう》くんが代《か》わってくれた。

「ぼくたち、商店街《しょうてんがい》でいなくなった小《ちい》さな生《い》きものを探《さが》しているんですけど、お米屋《こめや》さんのおくさんから、川村《かわむら》さんのことをうかがったんです。お話《はなし》させてもらえますか？」

佐藤《さとう》くんって、ほんとにすてき。わたしはぽーっとなりながら、その横顔《よこがお》に見《み》とれていた。

「あら、そうなの？　どうぞどうぞ。今《いま》、開《あ》けるわね」

ドアが開《ひら》いて、上品《じょうひん》なおばあさんが出《で》てきた。ペットどろぼうにはとうてい見《み》えないけど、油断《ゆだん》は禁物《きんもつ》だ。

「いらっしゃい。ちょうどお茶《ちゃ》にしようと思《おも》ってたのよ。いっしょにどうぞ」

「おじゃまします」

わたしは佐藤《さとう》くんに続《つづ》いて、おばあさんに案内《あんない》されるままリビングへ向《む》かった。

決《けっ》して広《ひろ》くはなかったけど、居心地《いごこち》のよいリビングだった。ひとつひとつの家具《かぐ》が、古《ふる》いけれど、今《いま》まで大切《たいせつ》にされてきたことがわかるような、そんなかがやきを放《はな》っている。テーブルにかざられた花《はな》は、庭《にわ》からつんでこられたものだろう。駅前《えきまえ》のチェーン店《てん》でよく売《う》られているミニブーケとちがい、自然《しぜん》な色《いろ》をしていて、どこかやわらかい空気《くうき》をまとっていた。

「さあ、そちらにかけてお待《ま》ちください。今《いま》、お茶《ちゃ》をいれてくるわね」

おばあさんはこげ茶色《ちゃいろ》の革張《かわば》りのソファに座《すわ》るよううながすと、キッチンへと行《い》ってしまった。ソファの横《よこ》には、ペット用《よう》のケージがあった。小動物用《しょうどうぶつよう》のケージにしては大《おお》きめで、広々《ひろびろ》としている。

「佐藤《さとう》くん、見《み》て」

そこには、やはりちびぱんたちがいた！　いじめられているような気配《けはい》はまったくない。みんな、こちらの心配《しんぱい》などよそに、心底《しんそこ》くつろいでねむっているようだ。

「あれ？　いち、に、さん、し、ご、ろく……。一ぴき足《た》りない！」

わたしが言《い》うと、リュックの中《なか》からなにかが飛《と》び出《だ》してきた。ちびぱんだ！

「ここに、今《いま》、一ぴき入《はい》ってきたよっ！」

と、でかぱんの声《こえ》がする。

いつのまにか、一ぴきだけケージからぬけ出《だ》して、でかぱんのところへ来《き》ていたのかな？

よかったあ。これで、全員無事《ぜんいんぶじ》だということがわかった。

そこへ、おばあさんがお茶《ちゃ》のセットを持《も》ってもどってきた。

「紅茶《こうちゃ》でいいかしら？　クッキーもあるのよ」

おばあさんはカチャカチャとここちよい音《おと》をたてながら、テーブルへティーセットを並《なら》べた。

「ありがとうございます。いただきます」

わたしと佐藤《さとう》くんはそう言《い》って、紅茶《こうちゃ》をいただいた。

うちで飲《の》む紅茶《こうちゃ》よりずっとおいしい。

少《すこ》し世間話《せけんばなし》をしてから、佐藤《さとう》くんが切《き》り出《だ》した。

「あの、そのケージの中《なか》にいる生《い》きものたちのことなんですが」

「ああ、この子《こ》たちね。変《か》わった生《い》きものでしょ？　新種《しんしゅ》なのかしら？　ご存知《ぞんじ》？」

「実《じつ》は、わたしの家《いえ》にいた子《こ》たちなんです」

わたしは思《おも》いきって言《い》った。

すると、おばあさんは一瞬《いっしゅん》おどろいたようだったが、やがて目《め》を細《ほそ》めて笑《わら》うと、

「あらまあ、そうだったの。よかったわ、飼《か》い主《ぬし》が見《み》つかって」

と言《い》った。

「ねぇ、飼《か》い主《ぬし》さんにうかがいたいんだけど、おたくでもこの子《こ》たちにもち米《ごめ》をあげていたの」

「はい。まあ、そうです」

「そう。亡《な》くなった主人《しゅじん》がもち米《ごめ》のおだんごが好《す》きでね。月命日《つきめいにち》の日《ひ》に仏《ぶつ》だんへあげていたら、全部《ぜんぶ》食《た》べられちゃったのよ」

おばあさんはオホホと上品《じょうひん》に笑《わら》った。

「もち米《ごめ》のおだんごが好《す》きなんて、変《か》わってるわねぇ」

「はあ、なんかすみません」

人様《ひとさま》のおたくのお供《そな》え物《もの》を勝手《かって》に食《た》べちゃうなんて。もうっ！

「じゃあ、今日《きょう》連《つ》れて帰《かえ》るわよね？ お時間《じかん》あるなら、もち米《ごめ》のおだんご、最後《さいご》に食《た》べていってもらおうかしら。あなたたちもよかったらいかが？」

「ありがとうございますっ！」

おばあさんは再《ふたた》びキッチンのほうへ行《い》ってしまった。

そのすきに、ケージへ近《ちか》よって、ちびぱんたちを起《お》こした。

「あれ？　モモカちゃん？　あーっ、でかぱんだぁ！」

ちびぱんたちはわたしのことはそっちのけで、リュックのほうへと走《はし》ってきた。

ほんっとにでかぱんのことが大好《だいす》きなんだから！

「ちょっと、なんでここにいたの？」

小声《こごえ》で質問《しつもん》すると、ちびぱんたちは

「最初《さいしょ》はもち米《ごめ》をわけてもらおうと思《おも》って、もち米《ごめ》を買《か》っているおばあさんについていったんだけど、とちゅうで見《み》つかって」

「そしたら、おうちにいらっしゃいって言《い》われたんだよね」

「早《はや》く帰《かえ》らなきゃとは思《おも》っていたんだけど、帰《かえ》り道《みち》もよくわからなくなってきちゃって」

「おばあさんのもち米《ごめ》のおだんごおいしいし」

「でかぱんの分《ぶん》もたくさんもらって
から帰《かえ》ろうと思《おも》ってたんだよ」

と、口々《くちぐち》に言《い》うのだった。

よかったぁ。ペットどろぼうじゃ
なかったみたい。

そこへ、もち米《ごめ》のいいにおいがし
てきた。リユックがもぞもぞと動《うご》く。

「モモカ、おばあさんのおだんご、食《た》べたい」

でかぱんがリユックから顔《かお》を出《だ》して言《い》う。

「わかったよ。わたしの分《ぶん》、わけてあげるから
待《ま》ってて」

ちびぱんたちが言《い》うとおり、おばあさんが作《つく》ったおだんごはとてもおいしかった。

もっと食《た》べたかったけど、リュックに入《はい》ったままのでかぱんがもぞもぞと動《うご》くので、こっそりリュックの中《なか》へ入《い》れてあげた。

すっかりごちそうになって、そろそろ帰《かえ》ろうというときに、

「最近《さいきん》、にぎやかで楽《たの》しかったけど、さみしくなるわね」

と、おばあさんが言《い》った。

ちびぱんがわたしの耳元《みみもと》で、

「おばあさん、だんなさんが亡《な》くなってからひとりでさみしかったみたい」

とささやいた。

おばあさんの優《やさ》しい笑顔《えがお》を見《み》ているうちに、わたしの口《くち》が勝手《かって》にしゃべりだしていた。

「あの、もしよかったら、その、ごめいわくでなければですけど、この子《こ》たちも連《つ》れて、またここへ遊《あそ》びに来《き》てもいいですか?」

そう言《い》うと、佐藤《さとう》くんも
「ぼくもまた遊《あそ》びに来《き》たいです」

と言《い》った。

「まあ、うれしい。大《だい》かんげいよ」

こうして、わたしたちは川村《かわむら》サチさんというおばあさんと友《とも》だちになった。

帰《かえ》り道《みち》、すっかりつかれたのか、でかぱんはリュックの中《なか》でねむっているようだった。


家《いえ》に着《つ》いて、でかぱんをリュックから出《だ》したら、目《め》を覚《さ》ましていた。

「川村《かわむら》さんのおだんご、おいしかったね」

「うん」

うなずきながら、でかぱんはうっとりした顔《かお》をした。

「もしかして、川村《かわむら》さんちにずっといたかった？」

わたしはあせって聞《き》いた。

そうだよね、自分《じぶん》のことで精《せい》いっぱいでもち米《ごめ》をもらうのを忘《わす》れちゃうわたしなんかより、おいしいおだんごを作《つく》ってくれる川村《かわむら》さんちにいたほうがいいに決《き》まってる。

落《お》ちこんでいると、でかぱんが大《おお》きなおしりをくっつけてきた。

「おだんごは、たしかにおいしかったけど……」

そう言《い》いながら、わたしの顔《かお》を見上《みあ》げて、

「モモカが作《つく》る、変《へん》な形《かたち》のおにぎりもそんなに悪《わる》くないよ」

と笑《わら》った。

「ありがとう。いつもここにいてくれて」

そう言《い》いたかったけど、口《くち》に出《だ》したらなんだかなみだが出《で》そうで、わたしはだまってでかぱんをだきしめた。

いよいよ、学校祭《がっこうさい》が近《ちか》づいてきた。

正門《せいもん》のところには、五、六年生《ねんせい》の実行委員《じっこういいん》たちの力作《りきさく》であるアーチがかざられた。

教室《きょうしつ》や、ろうかにも授業《じゅぎょう》で描《か》いた絵《え》や習字《しゅうじ》が展示《てんじ》され、各《かく》クラスの出《だ》し物《もの》を宣伝《せんでん》するための手作《てづく》りのポスターもはり出《で》された。

うちのクラスのポスターは、イラストの得意《とくい》な男子《だんし》たちが引《ひ》き受《う》けてくれたおかげで、とてもかっこいい仕上《しあ》がりとなった。

「もうすぐだね！」

ポスターをはりながら、佐藤《さとう》くんがほほえんだ。

「うん！」

最初《さいしょ》はいやいやながらだった実行委員《じっこういいん》の仕事《しごと》だけど、佐藤《さとう》くんがいたからここまでがんばってこれた。

それに、佐藤《さとう》くんだけじゃない。クラスのみんながさまざまな面《めん》で協力《きょうりょく》してくれた。

カナちゃんのことも、今《いま》は前《まえ》ほど苦手《にがて》じゃない。

みんなきっと、いろんな面《めん》を持《も》っていて、ある面《めん》では気《き》が合《あ》ったり、ある面《めん》では気《き》が合《あ》わなかったりするのかもしれない。

カナちゃんとだって、なにかきっかけがあれば、もしかしたら親友《しんゆう》になることもあるかもしれない。だって、少《すく》なくとも佐藤《さとう》くんを好《す》きってところは、今《いま》の時点《じてん》でわたしたちに共通《きょうつう》しているわけだから……。


そして、学校祭当日《がっこうさいとうじつ》。

わがクラスのシンデレラの劇《げき》は、わたしの予想以上《よそういじょう》に評判《ひょうばん》がよく、見《み》に来《き》てくれたパパ、ママ、コウスケさんをはじめとする商店街《しょうてんがい》の人《ひと》たち、そして、川村《かわむら》さんまでもが絶賛《ぜっさん》していた。

カナちゃんはこの日《ひ》からしばらくの間《あいだ》、「シンデレラ」と呼《よ》ばれるようになったほどだ。

わたしは、「実行委員《じっこういいん》」と書《か》かれた腕章《わんしょう》をつけて、佐藤《さとう》くんとともに舞台《ぶたい》そでから劇《げき》を見《み》ていた。幕《まく》がおりても、拍手《はくしゅ》はしばらく鳴《な》りやまず、ヤマさんの計《はか》らいで急《きゅう》きょ、もう一度幕《どまく》が開《あ》けられ、出演者全員《しゅつえんしゃぜんいん》があいさつをするという、異例《いれい》の事態《じたい》となった。

舞台《ぶたい》からおりてきたカナちゃんに、わたしはとても素直《すなお》な気持《きも》ちで、

「おつかれさま」

と声《こえ》をかけた。すると、カナちゃんが汗《あせ》をキラキラ光《ひか》らせながら

「そちらこそ、実行委員《じっこういいん》、おつかれさま」

と言《い》ってくれたのだ。てっきり無視《むし》されるかと思《おも》っていたわたしは、すっかりひょうしぬけしてしまった。

すべてのクラスの出《だ》し物《もの》が終《お》わり、時刻《じこく》はすでに夕方近《ゆうがたちか》くなっていた。

保護者《ほごしゃ》の方々《かたがた》と一、二年生《ねんせい》はすでに帰《かえ》り、残《のこ》った三年生以上《ねんせいいじょう》の生徒《せいと》たちが体育館《たいいくかん》に集《あつ》められ、閉会式《へいかいしき》が行《おこな》われようとしていた。

「ああ、無事終《ぶじお》わったね」

と言《い》うと、佐藤《さとう》くんもほっとしたような笑顔《えがお》を見《み》せた。

今日《きょう》で、実行委員《じっこういいん》の仕事《しごと》も終《お》わる。もう、放課後《ほうかご》に佐藤《さとう》くんと残《のこ》ることもなくなる。きっと、いっしょに帰《かえ》ることもなくなるんだろうなあ。

今思《いまおも》うと、毎日《まいにち》のように佐藤《さとう》くんといっしょに帰《かえ》っていたなんて、キセキのようだ。ちびぱん探《さが》しも手伝《てつだ》ってもらって、たいへんだったけど、幸《しあわ》せな日々《ひび》だったなあ。

あらためてふり返《かえ》ると、なんだかさみしくなってきた。佐藤《さとう》くんは、どう思《おも》っているのかな？

わたしと同《おな》じように、さみしいって思《おも》ってくれたらいいのに。

「五、六年生《ねんせい》の実行委員《じっこういいん》のみなさん、学校祭《がっこうさい》の準備《じゅんび》、たいへんおつかれさまでした。全員《ぜんいん》ステージの上《うえ》に上《あ》がってください」

六年生《ねんせい》の司会《しかい》の人《ひと》にうながされて、わたしたちはステージに上《あ》がることになった。

でも、わたしは明日《あした》から佐藤《さとう》くんといっしょに帰《かえ》れないことにすっかり落《お》ちこんでいて、うわの空《そら》だった。

「今年《ことし》の学校祭《がっこうさい》では、五、六年生《ねんせい》の各《かく》クラスの出《だ》し物《もの》だったオリジナル劇《げき》が話題《わだい》となりました。これから、先生方《せんせいがた》による審査《しんさ》の結果《けっか》を発表《はっぴょう》したいと思《おも》います」

そういえば、実行委員会《じっこういいんかい》のときに賞《しょう》があるって聞《き》いてたけど、こういうのってたいてい六年《ねん》生《せい》がとるんだよね……。

「大賞《たいしょう》の発表《はっぴょう》です。五年《ねん》一組《くみ》、『新《しん》・シンデレラ』！」

わたしはぼんやりとしたまま、ステージの下《した》にいるクラスのみんなを見《み》つめていた。

ナホやミサキの他《ほか》、カナちゃんやおしゃれ女子《じょし》たちが、今《いま》にも泣《な》き出《だ》しそうなくしゃくしゃの笑顔《えがお》をこちらへ向《む》けて、大《おお》きく手《て》をふっている。悲鳴《ひめい》にも似《に》た声《こえ》がやまず、体育館《たいいくかん》じゅうがゆらゆらとゆれているようだ。いったい、何《なに》が起《お》こっているの？

「長沢《ながさわ》さん、ほら、こっち」

という佐藤《さとう》くんの声《こえ》がして、やさしく手《て》を引《ひ》っ張《ぱ》られた。佐藤《さとう》くんの手《て》の温《あたた》かさに、はっと我《われ》に返《かえ》ると、校長先生《こうちょうせんせい》がにこにこしながら賞状《しょうじょう》を読《よ》んでいる。

ミサキが脚本《きゃくほん》を書《か》いた五年一組《ねんくみ》の劇《げき》が、六年生《ねんせい》をさしおいて最優秀賞《さいゆうしゅうしょう》をとっちゃったんだ！

カナちゃんとミサキの脚本《きゃくほん》についてもめたこと、放課後《ほうかご》の練習風景《れんしゅうふうけい》を見《み》に行《い》って感動《かんどう》したこと、出演者以外《しゅつえんしゃいがい》のみんなも舞台《ぶたい》や衣装作《いしょうづく》りに協力《きょうりょく》してくれたこと。

ステージを下《お》りながら、いろいろなことを思《おも》い出《だ》しているうちに、なみだがあふれてきた。

そんなわたしに向《む》かって、佐藤《さとう》くんがこっそりささやいた。

「おつかれさま。実行委員《じっこういいん》が終《お》わっても、いっしょに帰《かえ》ろうね」

ああ、わたしってやっぱり、今《いま》とても幸《しあわ》せなのかもしれない。

ステージの下《した》では、ナホとミサキ、そしてカナちゃんがなみだでぐちゃぐちゃの顔《かお》で待《ま》っていてくれた。わたしたちはみんなでだきあって、わんわん声《こえ》を上《あ》げて泣《な》いたのだった。

帰《かえ》ったら、一番《ばん》にでかぱんに報告《ほうこく》しよう。永遠《えいえん》に忘《わす》れたくない今日《きょう》の出来事《できごと》を。


（おわり）

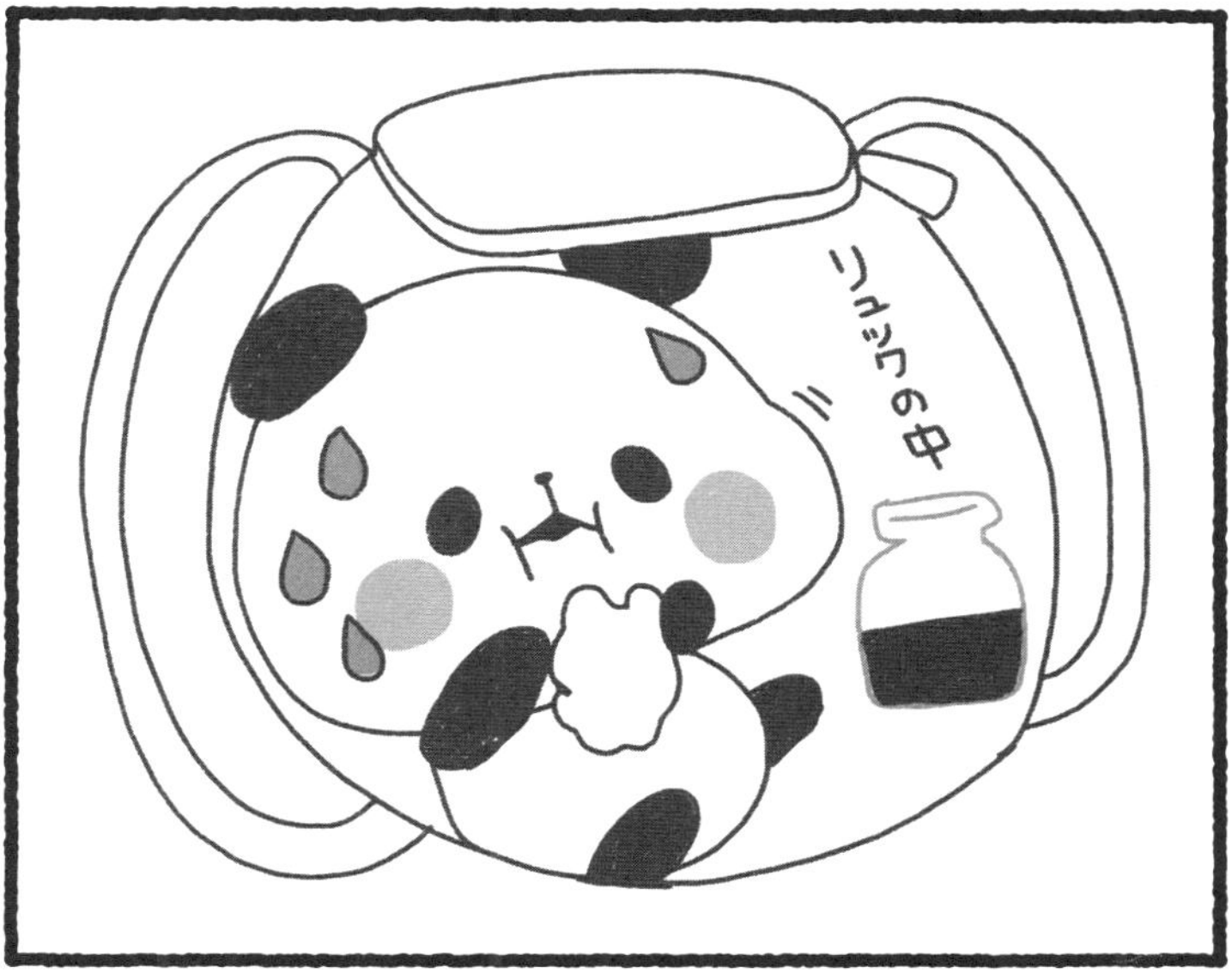

10月《がつ》1日《にち》でかぱん

天気《てんき》 はれ

ねぼけてちびぱんを一ぴき食《た》べて
しまったことは、モモカにはナイショ。
（おばあさんの家《いえ》に行《い》ったとき、あわ
ててリュックの中《なか》で一ぴき作《つく》ったことも
ナイショ。）

言《い》えないことが一つくらいあっても
モモカはでかぱんの
親友《しんゆう》!!

もちもち♥ぱんだ
もちぱん探《たん》偵《てい》団《だん》
もちっとストーリーブック

キラピチブックス
もちもちぱんだ もちぱん探偵団
もちっとストーリーブック

2017年3月21日　第1刷発行

著	たかはしみか
原作・イラスト	Yuka（株式会社カミオジャパン）
発行人	川田夏子
編集人	松村広行
企画編集	小野澤葉子
発行所	株式会社学研プラス
	〒141-8415 東京都品川区西五反田 2 -11- 8
編集協力	株式会社カミオジャパン
	株式会社スリーシーズン（松本ひな子）
編集補助	永井杏奈、福本友音
デザイン	佐藤友美
本文 DTP	株式会社アド・クレール
印刷所	大日本印刷株式会社

●お客さまへ
この本に関する各種お問い合わせ先

【電話の場合】・編集内容については　Tel 03-6431-1462（編集部直通）
・在庫、不良品（落丁、乱丁）については　Tel 03-6431-1197（販売部直通）

【文書の場合】〒141-8418 東京都品川区西五反田 2 - 11 - 8
学研お客様センター『もちもちぱんだ　もちぱん探偵団』係

・この本以外の学研商品に関するお問い合わせ　Tel 03-6431-1002（学研お客様センター）

[お客様の個人情報の取り扱いについて]
ハガキの応募の際、ご記入いただいた個人情報（住所や名前）は賞品発送のほか、商品・サービスのご案内、企画開発のためなどに㈱学研プラスにて使用させていただく場合があります。また、お預かりした個人情報を使った賞品発送を㈱学研スマイルハートに委託いたします。お寄せいただいた個人情報に関するお問い合わせ、および個人情報の削除・変更のご依頼は㈱学研プラス音楽・キャラクター事業室（TEL.03-6431-1462）までお願いいたします。なお、当社の個人情報保護についてはHP（http://gakken-plus.co.jp/privacypolicy）をご覧ください。